文芸社セレクション

ごはんの支度

大隈 美由紀

文芸社

目次

ごはんの支度

モノがあふれヒト振り回す（西日本新聞、こだま、二〇一四年三月一五日）

イギリスの哲学者フランシス・ベーコンは「金銭は肥料のようなもので、ばらまかなければ役に立たない」と言った。さらに「富は消費するためにある。消費する目的は名誉と善行である」とも述べている。

二月二十八日の本紙オピニオン欄で、同志社大学教授の浜矩子さんが、ヒト・モノ・カネの順序について述べていた。

ヒトがモノをつくり、モノをお互いに取引する。最後にカネが来る。ヒトによるモノづくりのためのカネ回し。経済活動は、このような構図の下で展開するのが正しい。

しかし、今はカネ回しがモノづくりを振り回し、ヒトが踏みにじられていると浜さんは述べている。

肥料であるはずの金銭が、いつの間にか主役の花に取って代わったということだろう。ヒトの方が肥料としてバラまかれ、カネに養分を吸い取られる。

モノがあふれて値下げ競争に、またヒトが振り回される。最近は、その値下げ競争もようやく下火になりつつある。まだ名誉と善行のための消費をする富にはほど遠い。浜さんの文章を読みながら、そう思った。

ずっと元気で（毎日新聞、はがき随筆、二〇一四年三月二五日）

母の左肩には大きなホクロがある。私たち三姉妹をおんぶすると、みんなホクロをつまんでいたという。私の三人の子どもたちもほとんど母がおんぶした。やっぱりみんな不思議そうにホクロをつまんだり、ひっかいたりしていた。待望の初孫が誕生した。「さすがにひ孫はおんぶしきらん」と遠慮がちに言っていた母だったが、昼間のミルクやりは私の仕事だといわんばかりに張り切って、ひいばあちゃんぶりを発揮している。「私がランドセルも振り袖も買うちゃる」。母七十八歳。祖母である私の出る幕がないほど、ずっと元気でいるつもりだろうな。

人口減の加速止まらぬ地方（西日本新聞、こだま、二〇一四年四月一八日）

モーニング娘。の初代リーダー、中澤裕子さんがテレビで福岡に移住しますとあいさつしていた。夫の仕事の関係らしい。

今、福岡市で暮らしたい人が増えているとか。「世界で最も住みやすい25の都市ランキング」で十二位を獲得している。海も山も近く、食べ物がおいしく安いと芸能人がよく福岡を褒めている。何より空港が近くて便利。美容室、ネイルサロンなどの店も多く、福岡はおしゃれに興味深い女性が多いらしい。福岡市の人口は百五十万人を突破した。

さて、私が住む町は車で五、六分で大分県という福岡でも端の町。高速バスで一時間ほどで天神に行ける通勤圏内ではあるが、人口減少に歯止めがかからない。

魅力ある便利な都市へ集中する傾向はますます高く、地方の町は取り残されていく。「縮む経済どう再生」今日の本紙地方版の記事をしみじみ読んだ。

アジサイのように（西日本新聞、紅皿、二〇一四年五月一四日）

日本人にはアジサイ好きが多いとか。花の一つ一つは小さくても、たくさん集まって一つの丸になる。じめじめした梅雨時に静かに雨に打たれ、土地の質や時間の経過によって彩りを変えていく。そのかれんさに人々は魅了される。
「まあ、かわいい。これ、ダンスパーティーでしょう」。四年前の母の日に息子から贈られた新種のアジサイ。試しに継ぎ植えしたら年々増えていった。どうやらダンスパーティーという名前だと昨年、道行く人に教えられた。風に吹かれると本当に踊っているようだ。

母が四十六歳、私が四十五歳で伴侶を亡くした。つい先日、末の妹までもが四十六歳で伴侶を亡くした。神様のいたずらを悔やんでもしようがない。人もまた、アジサイのようにどんなに雨に打たれても、それぞれの状況、その時の中で凛（りん）とした花を咲かせるしかないのだ。時には紫だったり青だったり、ピンクだったり赤だったり。

彩りを変えるアジサイはどの色も美しい。小さな花が集まれば大輪のバラにも負けない。おすそ分けしたアジサイたちはちゃんと育っているだろうか。もうすぐこの町のあちらこちらの花壇で、それぞれの彩りでダンスを踊っていたらすてきだろうな。

現代国語の先生（毎日新聞、はがき随筆、二〇一四年五月三一日）

穏やかで真面目な現代国語の先生が一度だけ授業を脱線した。待望の女の子が誕生したとうれしそうに報告し、子どもの名前を何にしようかと悩んでいた。女子から口々に飛び出す名を黒板に書き、あっという間にチャイムが鳴った。先生は大変恐縮したが、愛情の深さを感じた高校時代のよき思い出である。偶然同じ町である先生は、もうすぐコミュニティーの会長を勇退する。時々掲載される私の投稿文を、会う度に褒めてくださる。「それはきっと高校時代の国語の先生のお陰です」と言うと、本気で否定する。先生は、あの頃と変わっていないなー。

ＡＫＢの活躍安全第一願う（西日本新聞、こだま、二〇一四年六月一二日）

私が初めて買ったレコードは天地真理さんだった。それまでの芸能人より親しみやすいムードがあり、当時大変な人気だった。とはいえ、あのころのアイドルは手の届かないテレビの中の憧れの存在だった。

あれから数十年、今のアイドル代表のＡＫＢ48は「会いに行けるアイドル」を掲げ、独自の戦略でミリオンセラーを連発している。ものが売れない時代、彼女たちの急成長ぶりはビジネスモデルとしても注目されている。

自分たちも一緒に彼女たちを育てている物語性、ＣＤ購入に伴う特典「握手券」の体験性や参加方式で「ＡＫＢ48というコミュニティー」にファンを巻き込んでいる。

そのＡＫＢ48の握手会での切りつけ事件。大きな衝撃を受けた。犯人はファンではないらしいので余計にややこしい。

事件の再発防止とこれまでの形態維持との両立は難しいだろう。私は特にファンでもないし、ＣＤを買ったこともない。ただ、社会現象を起こした彼女たちの安全第一を願うばかりだ。

悲しみの場で（毎日新聞、女の気持ち、二〇一四年七月四日）

「元気な時にもっと話がしたかった。早く知らせてもらいたかった」

喪服姿の妹が「私たちもこんなに急に亡くなるなんて思ってもいませんでした」と頭を下げていた。義弟はがんの宣告から一年半後に旅立った。

八年前、私も同じことを言われた。亡夫は難病で肺移植しか治療法がないと宣告されてはいたが、本人も私もそれがすぐに「死」とは結びつかず、日を追うごとに弱っていってても「死」とはまだ遠くにあるものと思っていた。今思い返すと、その不確かな自信によってあのつらい時期を普通に過ごせたのだろう。だからまわりも「そんなに悪いとは知らなかった」のだ。

妹家族もそうだったのだろう。会社を経営していた義弟は、入院中も個室で電話を受け、仕事していた。

「もっと話したかった」

それは故人を愛すればこそだろう。しかし、希望を持ち続け、がんと闘いながらもこれまでと変わらず過ごしたい。だから病気のことはわずかな人にしか知らせていなかった。

あるご老人が中学生の甥（おい）と小学生の姪（めい）を呼び止め「お父さんと元気なうちに会いたかった」と言った。父親の死をまだ受け止められずにいる子どもたちこそもっと話したかった、もっともっと一緒に過ごしたかったという思いをこらえてその場にいたのだろうに。
「おじさんは悲しい」と語るその人に、甥と姪は頭を下げていた。

号泣した県議みっともない（西日本新聞、こだま、二〇一四年七月一二日）

テレビをつけたままウトウトしていたら、絶叫しながら泣いている声に驚き、目が覚めた。大の大人がまるで幼い子どもがだだをこねるかのように泣いている。

翌朝ニュースを見ると、あの方は何と兵庫県議さんで政務活動費の出張が年一九五回、約三百万円もあることへの釈明会見だった。全く釈明になっていないどころか大声で泣き、机をたたき、開き直りともとれる持論を叫んだ。

「精力的な活動で、うそや偽りはない」と明言したが、あのみっともないわざとらしい泣きじゃくりこそ、うそっぽい。

政務活動費といえば、報酬とは別に貴重な税金からの支出である。泣けば許される問題ではないことを分かっているのだろうか。

「私たち西宮市の最後の希望」というポスターに不正経理追及を掲げていたのには笑ってしまった。

ゴミ屋さんの日（毎日新聞、はがき随筆、二〇一四年七月二五日）

火曜日と金曜日は生ゴミ収集日だ。母は「ゴミ屋さんの日」と呼び、ゴミの出し方にはその人の性格が表れると断言する。

一枚五十円の指定袋にいかに効率良くゴミを詰めるか、割り箸や竹ぐしはゴミ袋から突き出て危ないと力説する。

大ざっぱな性格の私のゴミ出しにはいろいろ注文が多く、結局「私がする！」で生ゴミ出しは母の大事な仕事になった。

「明日はゴミ屋さんの日だ」

と、前の夜からこまごまと準備をする。

生活する限りゴミは出る。「私がおらな、つまらん」と、今日も母はゴミを詰める。

罠を見極める正しい「目」を（西日本新聞、こだま、二〇一四年八月一九日）

「罪」や「罰」の上に付く部分、「目」を横に倒したのを「横目（よこめ）」と言い、昔の幕府で不正を摘発する「横目付」からきているらしい。罪を犯すと罰として警察「署」から留「置」場に送られる。その全てに横目が付いているとは、漢字の意味は何と奥深いか。

そして、国民の上に横目をつけると「罠（わな）」となる。オレオレ詐欺の被害額が最悪のペースで増えているらしい。次々と民を罠にかける悪知恵にはあきれるばかり。一刻も早く罪を罰してほしいものだ。

「お国のため」と言われ戦争へとかり出されたことも、勝利を信じ込んでいたことも、ある意味、国民に対し仕組まれた「罠」だったと言えるのかもしれない。過去の教訓の上に横目を付けて、民を再び罠に掛けることはあってはならない。

あのころとでは情報手段も情報量も数段違う昨今、いろんな情報の中から正しい見極めのできるしっかりとした「目」を持ちたいものだ。

ノドグロとはただ者でない（西日本新聞、こだま、二〇一四年九月二二日）

テニスの全米オープンで見事な活躍を見せた錦織圭選手。残念ながら準優勝だったが、日本の男子テニス界の壁を破った功績は限りなく輝かしい。

帰国後の記者会見も爽やかだった。特に「日本に帰って食べたいものは？」の質問に「アユとノドグロ」と答えたのには驚いた。二十四歳で、しかも十三歳から米国にテニス留学していた彼の口から出た通な答えに、あらためて凡人ではないなと思った。

最近の若い人は魚より肉のイメージが強い。しかも、川魚は敬遠されがちだ。ノドグロも日本人の二十四歳の何パーセントが見分けられるだろう。私の地元の福岡県原鶴温泉はウ飼い舟やアユ料理が大きな魅力の一つ。シーズンにはとてもにぎわいを見せていた。しかし、昨今の川魚離れには悩まされているらしい。

錦織選手の、あの粘り強いプレーの源が和食にあるとしたら誇らしい。アユは今、旬ではないとまで言っていた錦織選手。今ごろは落ちアユですよね。お主、やはりただ者ではないな。

守れなかった遺言（毎日新聞、女の気持ち、二〇一四年一〇月八日）

義母は夫にとっても義母だった。八年前、五十一歳という若さで夫が亡くなって百カ日も過ぎた頃だったろうか。義母と二人で亡夫の思い出話をしていたら「私はあの子が一番可愛かった」と涙をポロポロ流した。その時初めて、義母が戦争未亡人だったことを知った。遠縁にあたる義母は、幼い子どもが四人もいて病にふせた夫の実母の入院中からあれこれ世話をしていたらしい。「子どもたちを頼みます」と言いながら息絶えた実母が哀れだったと言う。義母が四人の子どもの母親になった時、末っ子の亡夫は四歳だったそうだ。

幼い頃、病弱だった亡夫はよく熱を出し、背中におぶって病院に駆け込んだこと、食が細く苦労したこと、そんな話をしながらポロポロ泣いたあの日のことは今も切なく胸に残る。

五年ほど入院していた義母は、見舞いに行くたびに「みんなに迷惑かけるから、私が死んでも法事はしなくていい」と言った。

だんだん細くなる左腕にいつも時計をはめ、時折眺めていた。自由の利かない右半身を嘆いてベッドで過ごす彼女の心の中で、時計の針は時に逆回りしてさまざまな思いをよみがえらせていたのだろう。最後に見舞った時「時計が重たい」とつぶやいた。

九十二歳で旅立った義母の四十九日の日、夫の実母や父親も眠る納骨堂へと義母の遺骨を納め、孫やひ孫も加わってたくさんの家族で法事の席を囲んだ。

祖母の教え（毎日新聞、はがき随筆、二〇一四年一一月三日）

ご仏壇の引き出しの奥に祖母の名が記された「仏教婦人聖典」を見つけた。奇しくも現在、私が地区の仏教婦人会の世話係をしている。発行は昭和二十七年。集会の時に合唱する歌も、生活信条も、もちろんお経も、みな変わっていない。三男六女を産み育て、戦中、戦後を生き抜いた祖母の口癖は「あったれ（もったいない）」だった。私たち孫娘は「こすったれ（ケチ）」だと陰口をたたいていた。叱る時はいつも「そげなこつしたら、ばちかぶる（ばちが当たる）！」だった。昔々、かすかな記憶の中に祖母とお寺参りをした覚えがある。もうすぐ命日だと思い出した。

小規模企業の活性化なるか（西日本新聞、こだま、二〇一四年一一月二七日）

今年六月、小規模企業振興基本法が成立した。商工会の長年の悲願が結実したというが、どれほどの関心を集めているだろうか。

小さな商店にも光を当て、活力を促し地域を活性化させる。大企業だけでなく全国津々浦々に「アベノミクス」の効果を及ぼし、活力のある日本の経済復活につなげることがこの法律制定の狙いらしい。

全国に三八五万の中小企業があり、その約九割が小規模企業。まさに地域に密着し、小さな事業者はそこに暮らす人々の生活に深く関わっている。地元需要を対象としているため、このまま地方の人口が減ると商売は成り立たなくなる。

安倍首相は女性の活躍推進とともに地方創生を重要政策に掲げている。少子高齢化、東京への一極集中是正の具体的取り組みもまだ見えてこない。消費税再増税もやがて実施される。ますます小規模企業は苦しくなる。この法律は小規模企業にどう光を当ててくれるのだろうか。

年賀のえとに小さなドラマ（西日本新聞、こだま、二〇一四年一二月二〇日）

今年は四月に義弟、七月に義母を亡くした。

本来なら仕事の合間に、年賀状を書いているころである。「明けましておめでとうございます」と新しい年に願いを込められないのは寂しいものだ。

毎年、日本郵便の年賀はがきにはその年のえとが描かれている。来年はひつじ年。十二年前はマフラーを編んでいるひつじさんだったらしい。今回はマフラーを掛けているひつじさんが描かれている。

実に十二年という年月に、小さなドラマを盛り込んだ郵便局のしゃれた演出にはほっこりする。

さて、十二年後はどんなひつじさんが描かれているのだろう。

最近は年賀状を出さない人も増えている。日本のお正月の風物詩である年賀状の衰退を何とか食い止めようと、年賀はがきに込められた郵便関係者の思いに、皆さんも注目してもらえたらと思う。

里歩き（西日本新聞、紅皿、二〇一五年二月七日）

「母は里歩きで、私は里歩きとという。「歩いて帰るんですか?」。」

「昨日はお店お休みでしたね」。商工会の職員さんに聞かれた。「母は里歩きで、私はショッピングに」「え?　サトアルキ?　何ですかそれ」。驚いた。「里歩き」が通じないとは。

生まれ育った実家へ帰ることをこの辺りでは里歩きという。「歩いて帰るんですか?」。いやいや、車でもバスでも汽車でも飛行機でも里に帰ることをそう呼ぶ。

九人きょうだいの次男だった父は後継ぎで、幼いころのわが家の盆や正月はにぎやかだった。親戚のまかないと家業に追われた母は、小正月も過ぎたころやっと里歩きした。

あの頃のにぎやかさはないが、今でも妹や叔母たちが里歩きにやってくる。そしていまだに小正月過ぎに母は里歩きに行く。結婚後も実家暮らしの私には歩きに行く里がない。嫁しゅうとめの関係で悩んでいる友人などからうらやましいとも言われるが、けんかをしても帰る里がない。愚痴をこぼす里がない。甘えたり頼ったりする里がない。

亡夫の里も今は空き家である。私の里はなくてもわが家はみんなが集う里である。里歩きする親戚たちを温かく迎えることが、私の役目なのだ。

ダメよ～ダメダメ！（毎日新聞、はがき随筆、二〇一五年二月二七日）

孫が歩き出した。日増しにあんよが上手になっていく。そうなると家の中にはキケンがいっぱい。毎日「ダメよ～ダメダメ！」と叫んでいる。冬のこの時期は小さな囲炉裏付きテーブルで炭火をおこし暖をとる。沸いた湯を二つの湯タンポに入れ、こたつに入れれば、スイッチを入れなくてもぽかぽかである。だけど孫はこたつでおとなしくしてはいない。赤々と燃える炭火にも興味津々なのだ。小さなお手々を炭火に入れでもしたら大変だ。早速、大工さんを呼んでテーブルを高くした。これでひと安心。だけど今日も皆で「ダメよ～ダメダメ！」と叫んでいる。

スッピン顔に孫が泣き叫ぶ（西日本新聞、こだま、二〇一五年三月二一日）

あれは昨年の暮れ。息子夫婦にそれぞれ別の同窓会があった夜、一歳になったばかりの孫を風呂に入れた。歌でも歌いながら楽しく過ごすはずだったのに、孫は私を見るなり泣き叫んだ。「おばあちゃんだよ」の声も届かない。洗髪してタオルを巻きスッピンの私を別人だと勘違いしたのだろうか？

久しぶりのお店が休みの日、年末年始の疲れを癒やそうと朝はゆっくり寝坊と決めた。起きたら孫の元気な声が聞こえた。「もう来てたの」と声を掛けると、顔をこわばらせ泣きだした。髪はボサボサで顔は腫れぼったく、ヨレヨレの寝間着姿の私をまた別人と思ったのだろうか？

スッピンには自信があった。というか、あまり化粧映えしない顔だと思っていた。しかし二回も孫に泣かれると面食らう。特別にオシャレする必要はないけれど、いつも小ぎれいにと心掛けなければ。孫にいつものおばあちゃんと違うと泣かれないように。

黄色いスーツ（毎日新聞、女の気持ち、二〇一五年四月三〇日）

「私では役不足です」

あの時、そう言わなくて良かった。恥をかくところだった。

役不足——軽い役目のため自分の力を表せない。役目に対して不満を持つこと——これが本来の意味らしい。でも、その役は私には大きすぎて務められませんとか、私には不釣り合いの大役ですとか、逆の意味と思っている人が多いと、ある文化人が言っていた。

曲折を経て思いも寄らない大役を引き受けることになった。任期は二年。おまけに当番で理事も務めなければいけない。

役員会に理事会、年に数回の泊まりがけの研修、イベント参加……。私ごときで長が務まるのだろうか？

そう考えると、引き受けてから数日、眠れぬ夜を過ごした。

断る理由を並べればたくさんあった。でも当初は推薦する立場にあって、いろいろな理由で断られたため、同じ理由を口にすることができなかった。

今さらくよくよ悩んでも仕方ない。世の中、なるようにしかならないのだ。

そうだ、スーツを買おう。それも明るい色の。合わせてパンプスも買わなくちゃ。自信のなさと不安な気持ちを打ち消すために形から入るのもいいかもしれない。どうせならバッグも新調したい。
財布とも相談して、まずは薄い黄色のスーツを買った。黄色は幸せ色ともいう。
明るい気持ちでスーツを着よう。

確率と思うが日々一喜一憂（西日本新聞、こだま、二〇一五年六月九日）

毎朝、新聞は誕生月運勢を最初にチェックする。テレビから流れる今日の運勢カウントダウンにも一喜一憂。今日のラッキーフードはもんじゃ焼き！「へー、そうか」と思っても、数分後には忘れてる。なのに、毎日気にかかる。

亡夫が病気で苦しんでいるとき、祈祷師を頼った。願いはかなうと告げられ、やることはやったが、夫はあっけなく亡くなった。

命には限りがある。寿命や天命には逆らえない。しかし、運勢とか運命にはその人自身の努力、気力、人柄とかが関わってくる。星占いとか誕生月占いは世界の人の十二分の一の確率。統計のようなものだ。

分かっていても今日もまた占いをチェックして「あー、良くない。気を引き締めよう」と朝一番に思うのも悪くない。

お盆の準備（西日本新聞、夕刊　紅皿、二〇一五年八月一〇日）

幼い頃住んでいた家には、お縁（縁側）があった。毎年八月十三日には洗面おけに水を張り、その横に固く絞った雑巾を置き「ご先祖さまが帰って来たらここで足を洗う」と祖母は言った。「幽霊に足はないとやろ」と言うと、祖母は「ご先祖さまと幽霊は違う」と言い返した。キュウリやなすびに割り箸を刺して仏壇に飾るのは、ご先祖さまがこれに乗りあの世と行き来するため。十五日の夕方に細長い団子「結びだご」を仏壇にお供えするのは、これでお土産を結んであの世へ帰るのだと、お盆のたびに祖母から聞かされた。

家を建て替えてお縁のないわが家となったとき、ご先祖さまはどこで足を洗えばいいのだろうと子ども心に心配した覚えがある。どれもこれも現実離れした話だが、目に見えないご先祖さまを敬い慕うよき日本の心だと、今更ながら祖母の教えに思う。

九年前の夫をはじめ、大切な人々を亡くした。悲しくつらい別れを経て、魂が帰るというお盆には穏やかに魂に語りかけている。

命はつながっている。小さなお手々を合わせてご先祖さまを拝む心を、いつか私も孫へと伝えなければ。

今年もすぐにお盆がやってくる。

命日と盆のありがたや（毎日新聞、はがき随筆、二〇一五年八月一二日）

夫が亡くなってもう九年になるというのに、今年も命日に忘れずに知人がお線香をあげに来てくれた。ありがたいことだ。

「十年一昔」とよく言うが、あと一年したら、亡夫の思い出は昔話となってしまうということだろう。

仏教では「会うは別れの始め」との教えがある。私たちの人生は出会いと別れの繰り返し。「愛別離苦」の悲しみを乗り越えながら成長していくという。

お盆だ。愛しき（いと）ご先祖様の魂がかえってくるという。

今年も準備に忙しかった。今日は息子夫婦がお墓掃除をしてくれた。ありがたいことである。

ごはんの支度（毎日新聞、はがき随筆、二〇一五年一〇月二八日）（年間賞）

「ピースはやめましょうね」と言われたのに、叔母はまたピースをした。なので何度も撮り直した。いとこの葬式で、親族写真を撮っていた時のことだ。認知症で施設に入所している叔母を残し、六十四歳で頼りの長男が亡くなった。息子の死を理解できないだろうが葬式には参列させようと皆で叔母を気遣った。初めはニコニコとしていた叔母だったが、出棺の時には棺にすがって泣いた。迎えの施設の車に乗る時、「さあ、帰ってから、あきのりのごはんしてやらな」。独身だった息子のごはんの支度は、叔母にしみついた日常だったのだろう。

口紅（毎日新聞、はがき随筆、二〇一六年二月一日）

あ〜、まただ！　これで何本目かな。口紅がくしゃっとつぶれている。犯人は二つになったばかりの孫。彼女の今一番の興味は化粧道具である。両手で化粧水をたたきこんだりクリームをぬりこんだり。大人の行動を見ている彼女は、すぐまねをする。口紅もくるっと回してぬったら、キャップを無理やり閉めようとする。だから折れたりつぶれたりする。ダメだと言っても鏡をのぞきこみ、ぬりぬりしている。わずか二歳ですでにリトルレディーの孫の姿は愛らしい。口紅の一本や二本は大目にみよう。今日は、あれ、パフがない。もう〜、どこにやった！

消費税支払い自営業ため息（西日本新聞、こだま、二〇一六年三月二四日）

確定申告が終わった。四月に引き落とされる消費税額に驚いた。支払いに備えた積立金では足りない。

八％になると税額が増えるのは当たり前だが、ちょっときつい。仕入れ価格に八％の消費税が掛かるようになり、仕入れそのものも値上がりして利益率は下がった。しかし、売り上げに対する消費税は利益率とは関係ない。

加えて今年九月には、今年分の予定納税まで待っている。今年は一・五年分の消費税を払うことになる。ならば、来年はその分、楽になる？　いやいや、来年四月からは消費税が十％になる。また利益率は下がるだろう。これで私の脂肪率も下がればよいが、ストレス太りに拍車が？

あくまでも消費税はお客さんからの一時的預かり金。事業主として支払うのは当たり前なのだ。頭では理解しても、まるで税金を払うために朝から晩まで働いているような気持ちになる。私は浅はかな人間だなと、いつもこの時期になると思ってしまう。

うどんつゆ（毎日新聞、女の気持ち、二〇一六年三月二八日）

東京でうどんを食べた時、真っ黒のつゆに驚いた。もう四十年ほど前のことだ。九州ではうどんのつゆには薄口しょうゆを使うのが主流だが、関東では濃い口しょうゆを使うことなど知らなかった。だから、うどんが見えないほどの濃い汁には本当にびっくりした。八十年ほど食堂を営んでいるわが店では、うどんは創業当初からのメニューで、私は店のうどんで大きくなった。いつもの素うどん（かけうどんのことをそう言っていた）、風邪をひいた時の卵うどん、めったに食べさせてもらえなかった肉うどん……。つゆを残すと叱られた。

東京のうどんもまずくはなかった。黒い色の割には味はちょうどよかったからだ。でもそれからは東京に行くことがあっても、うどんだけは食べようと思えない。

いつも使ってきたしょうゆ屋さんが店を閉めるという。病気が理由で、後継者もいないためだ。町内の別のしょうゆ屋さんのものを使うことにした。

しょうゆが変わると料理の味が変わる。試行錯誤で味見ざんまいの日々を送った。いつものずんどう鍋でいつものだしをとり、それに対するしょうゆと塩の量がようやく決まり、ほっとしたところだ。

しかし、今度のしょうゆ屋さんにも後継者はいない。数年前には創業時から取引のあった肉屋さんも廃業した。

　わが店には後継者がいるからありがたい。けれども、田舎の食堂はこれからも悩みが尽きないだろう。

教えなくても呼び分ける孫（西日本新聞、こだま、二〇一六年五月四日）

息子は私を「おかん」と呼ぶ。孫は私を「かかあ」と呼んでいる。わが家にはひいばあちゃんもいる。何と呼ばせるか。誰が教えたわけでもなく、孫は「ママ」「かかあ」「ばあちゃん」と呼び分けている。

新しい朝ドラが始まった。ヒロインの母親が「かか」と呼ばれているのに親しみを覚える。あの時代、父親のいない暮らしは大変だったろう。難題に立ち向かう、明るいヒロインの成長が描かれるのだろう。

私の父は五十歳で急逝した。残されたのは母と私たち三姉妹。私の夫も五十一歳で逝った。父親のいない娘の思い。夫のいない妻の思いに寄り添いながら、朝ドラを楽しみにしている。

ところで、孫にはひいじいちゃんもじいちゃんもいない。こんなにいとおしい子孫に会えずに亡くなった二人がふびんである。

半分半分の今思う（毎日新聞、はがき随筆、二〇一六年六月二二日）

今五十五歳の私である。ふと気づいた。昭和時代を二十七年半、平成時代を二十七年半、ちょうど半分ずつを生きてきたことになる。子どもから思春期を過ごし、妻となり母親になった昭和時代、今思うと不便な生活だったけど、世の中、活気にあふれていた。仕事と子育てに忙しい平成時代、難病で夫が亡くなるというまさかの悲しみから十年、今は孫の成長が一番の楽しみの時である。だんだんと私の中での昭和比率は下がっていく。だけど、古き良き時代がいとしくより鮮明に思い出される。孫たちが「良き平成時代だった」と将来思えること、それが昭和の人の宿題なのかな。

持ち込み禁止守って楽しく（西日本新聞、こだま、二〇一六年八月二日）

用件まで、まだ一時間あった。時間つぶしに入った福岡・天神のカラオケボックス。平日昼間の料金の安さに驚いた。

「このままでは商売上がったりなんです」と廊下に張り紙。「当店は飲食店。最近、飲食物の持ち込みをされるお客さまが多くて困ります」と嘆いていた。

わが家も飲食店である。なので、この切実な張り紙に同情した。カラオケは個室。飲食物の持ち込みがしやすいのだろう。しかし、競争激化で低料金、飲食物で利益を上げたいだろう。

クーラーの個室でちょっと休憩のつもりが、何だかかわいそうになって、つい余計に注文。ただ、大きな声で歌ってストレス発散、すっきりした。

帰りにまた張り紙が目に飛び込んできた。「そうだそうだ、非常識な客がいるよね」とつぶやいた。

二人の掛け合い（西日本新聞、夕刊　紅皿、二〇一六年八月一三日）

「ちがうよ！　それはコキンちゃんよ」。アニメのキャラクターの区別など付くはずもない八十一歳の母が、二歳のひ孫に叱られている。

ちょっと前まで、ただオギャーオギャーと泣いてばかりだった孫はハイハイしてたっちして、よちよちと歩きだし、今では走るようになった。成長の速さに喜ぶばかりである。反対に母は、年齢の割には元気だが、耳が遠くなり、瓶のふたやお菓子の袋を開けられなくなり、先日も転んで顔にあざを作った。今までできていたことがだんだんできなくなっている。

雨の日でなくても長靴を好む孫が、長靴が小さくなったと訴えている。「かか（孫は私をそう呼ぶ）が買ってあげようか」と言うと、「おばあちゃん（曽祖母のこと）に買ってもらうの」と振られてしまった。母はなかなか治らない夏風邪を憂えていたが、「風邪を治して一緒にお靴を買いに行こうね」と少し元気を取り戻した。せき込んだ母の背を孫がさすっている。

この二人を見ていると人間の成長と老いの衰えが見えて、面白くもあり悲しくもある。まだしばらくはこの二人の掛け合いを見ていたいものだ。

疲れた〜（毎日新聞、はがき随筆、二〇一六年九月二一日）

二歳の孫が大好きなアンパンマンミュージアムへ行った。喜ぶ孫を見るとうれしい。なのにである。翌日「もうかか（孫は私をそう呼ぶ）とは行かない」と言うではないか。え〜、なんで！

「まだいっぱい遊びたかったのに、帰ろう、帰ろうばっかり言うもん」。え〜、それはあなたのパパとママと待ち合わせしてたからだよ。じゃあ「おもちゃ買ってあげたの誰だ」「ヒナが買った」。確かに選んでレジまで持って行ったのは孫だ。ならば「お金払ったのは誰だ」。首をかしげ「分からん」。え〜、そんな。そういえばあの時はカード払いだった。あ〜、なんかどっと疲れが。まぁ、いいか。

八十一歳の母元気引退宣言撤回（西日本新聞、こだま、二〇一六年一一月一〇日）

春先、なかなか治らない風邪に「もう潮時だ」と仕事からの完全引退宣言をしていた八十一歳の母。しかし、風邪が治ると「疲れた〜」だの、「腰が痛い」だの言いながらも、引退宣言を撤回した。

それどころか、張り切っている。思いがけず、私が入院したためだ。「あの予約のお客さんはどうすればいいと？」と、分からないことは携帯に電話をかけてくる。病院に来ても仕事の話ばかり。同室の方は家に残した年老いた両親を気に掛けている。家族の食事を心配する。つくづく母が元気なことがありがたい。

母の元気の秘訣（ひけつ）は歯が丈夫なことだろう。いまだに、全部自分の歯だ。硬いものをかむ力も衰えていない。口腔（こうくう）外科病棟に入院中の私は、口の健康の重要性をあらためて感じている。

まずは虫歯がなくても、歯医者に行くことを勧めたい。かんで食べることの幸せを、今ペースト状の食事ばかりに飽き飽きしている私はかみしめている。

校閲ガールら出版を支える（西日本新聞、こだま、二〇一六年一二月二二日）

若輩ながらこれまで二冊、自費出版した。何も分からないずぶの素人が出版できたのは、担当の校正・校閲さんのおかげである。

漢字の間違いはもちろん、例えば「一番最悪」には、重複語なので「最悪」だけでよいと指摘された。全国に通用しない言葉は注釈をと提案された。私の語学力の乏しさをカバーしてくれた。アドバイスのおかげで、何とか形になった。

今、暇を見つけ、趣味の投稿にいそしむ。これもまた、プロの手直しが入って掲載される。それがまた勉強になる。

今、石原さとみさんの主演ドラマ「地味にスゴイ！　校閲ガール・河野悦子」で校閲者が注目されている。世間ではあまり知られていないかもしれないけど、熱心に取り組まれている方はたくさんいるのだろう。

毎日発行する新聞の校正・校閲は時間との闘いか。ご苦労さまです。

六年前のクリスマス（毎日新聞、はがき随筆、二〇一六年一二月二四日）

六年前のクリスマスイブだった。十六歳の愛犬が最期を迎えていた。動物病院の先生は点滴の後「十六年過ごしたおうちの方が安心でしょう」と優しく言った。スポイトで水を与え、かすかな呼吸の愛犬をずっとなでていた。深々と冷たい夜だった。クリスマスは雪。火葬前、簡単な仏壇の前でぽろぽろと涙する私の耳元で業者はささやいた。「あのー、小型犬とうかがっていたのですが、少し大きいようで……。二千円アップに」。確かに太っていた。だけど、今言わなくても。最後までクスッと笑わせてくれた。それが君のクリスマスプレゼントだったのだろう。

年度末プレ金誰が取れるの（西日本新聞、こだま、二〇一七年三月一六日）

「また地域商品券が出るとね？」とテレビを見ていた母が言った。プレミアムフライデーを伝えるニュースをプレミアム商品券と勘違いしていた。

消費の低迷が長引く中、消費拡大を期待する声もあるらしいが、田舎のお年寄りには浸透していない。政府は働き方改革をアピールするけど、不景気を肌で感じる地方には実感の湧かない話だ。今回、プレ金で盛り上がっているのは都会の大企業と金曜日午後からの遠出に期待する旅行会社、百貨店、テレビの情報番組ぐらいだろう。

三月のプレ金はただでさえ忙しい、年度末の三月三十一日である。午後三時に早帰りと言われても…。休んだしわ寄せがどこかでくるなら、本末転倒だろう。日本人は働き過ぎで休み下手といわれる。政府主導でなければ、休みも取れないゆえの政策ということか。

ブラック企業や過労死問題は棚に上げ、中途半端な気がするプレ金である。

消耗した東京おいの再出発（西日本新聞、こだま、二〇一七年四月八日）

東京で約四年間働いていたおいが、仕事を辞めて帰ってきた。福岡で新たな仕事を探したいという。

東京での片道一時間半かけての通勤、家に帰り着くのは夜十一時すぎで、コンビニ弁当やカップ麺の夕食。数時間の睡眠でまた満員電車を乗り継ぎ、職場へ向かう日常。

給料はそこそこもらっていたが、お金はたまらず、体も心もすり減るばかりと帰郷を決めたらしい。

テレビドラマで見る東京はおしゃれなお店が多い。合コンしたり、デートしたりと若い人が楽しめるスポットだらけで、大いに満喫しているものとばかり思っていた。「恋愛ドラマみたいな生活をしていたら、破産するよ。最近、ドラマも見る暇がなかったけどね」と話す。

給料は下がっても、福岡でのんびり次の仕事を探したいそうだ。心がすり減らないような仕事に恵まれるよう祈ります。

「一所懸命」で（西日本新聞、紅皿、二〇一七年四月二〇日）

今年に入って、なんかついてない。お正月過ぎに風邪をこじらせ軽い肺炎になった。休養を経てほどなくして今度はぎっくり腰をぶり返した。仕事で大失敗をやらかし、いつもより派手な親子げんかもした。体も心もすり減るばかりの日々を過ごしていた。

そんな時、ある雑誌の有名人の記事にすてきな言葉を見つけた。

人はずっと一生、懸命に過ごしていたら疲れてしまう、そんなにいつも頑張らなくてもいい。ここぞという時がきっとくる、その時に頑張る「一所懸命」がちょうど良い、という目からうろこの魔法の言葉だった。思えばずっと懸命に過ごしてきた。懸命過ぎて歯車がずれていたのかもと気付かされた。

去年は八年ぶりの入院もした。退院二日後にはイベントに出て、三日後に三泊四日の研修に参加した。やっぱり体は正直だ。体の疲れが心につながり、ちぐはぐな日常だったのだろう。

今年は孫が三人に増える。来年は亡夫の十三回忌もある。のんびりしてはいられない。でも、今日はとりあえずお店も本日休業。そしてまた「一所懸命」励みます。

仏さまの誕生日？（毎日新聞、はがき随筆、二〇一七年四月二六日）

「今日も仏さまの誕生日なの？」と三歳の孫娘が聞いた。ははぁーん、彼女にとってろうそくは、大きなケーキにつきささり、皆で「ハッピーバースデー……」と歌う楽しい誕生日の光景そのものなんだろう。お参りする度、大きなろうそくに火をともす仏さまも、お誕生日と思われていたとは……。かわいい孫の勘違いに、きっとほほ笑んでいらっしゃることだろう。つい先日、弟が生まれ、お姉ちゃんになったばかり。少し赤ちゃん返りをした彼女はおんぶをせがんだ。家族のお誕生日が増えて仏さまも喜んでいるだろう。また、ケーキにろうそく立ててお祝いしようね。

がん患者巡るやじにあぜん（西日本新聞、こだま、二〇一七年五月三一日）

五月十八日付浦野里美さんの「こだま」への投稿に「難病への支援」とあった。十年以上前の亡夫の病気を思い出した。肺移植しかないとの宣告。「情報がないことは絶望につながります」。浦野さんの言葉にうなずいた。

不安なまま、ホテルの料理長だった夫は職場に迷惑をかけられないと退職を願い出た。社長さんは体調の良い時だけでいいよと引き留めてくれた。夫のそばでたばこを吸うことも禁止してくれた。酸素ボンベが必要ながらも、社会とつながったまま、料理長としてお葬式を出すことができた。

「（がん患者は）働かなくていい」とのやじを飛ばした自民党の大西英男衆院議員。病気になっても働きたい人、働かないと生活できない人、難病で不安な人、そんな方々を切り捨てるような悲しい発言。

「働けなくなったとき、まひが残ったときに対応する包括センターなどの情報を…」と訴えていた浦野さん。それ以前の今回の政治家のやじ。あぜんとされていることだろう。

水が出ない生活（毎日新聞、女の気持ち、二〇一七年七月二六日）

「ヤスコばぁばんち、お水が出るのよ。すごいでしょう」。あの豪雨から十三日後、嫁の実家へ行く孫娘がそう言って、行ってきますのバイバイをした。

九州北部豪雨により、山あいの集落を大量の土砂や流木が襲い、たくさんの人が住む家をなくし、多くの尊い命が奪われた。

幸い我が家は大した被害はなかったが、二百メートル先は別世界だった。その日からの断水は当初「これぐらい、我慢、我慢」と思っていたが、水が出ない生活は想像以上につらいものだった。

特に我が家は食堂を営んでおり、水が出なければ営業もままならない。四月に生まれたばかりと三歳の幼い孫を育てる息子夫婦も頭を抱えていた。早くに福岡市の嫁の実家に預けようと思ったが、息子は毎日、町の消防団員として出ていった。道路も寸断され、遠回りしなければならず、しかも渋滞していたので、嫁だけでは実家に帰るのが大変だとあきらめた。

ようやく帰れるその日、たくさんの洗濯物を積んだ車から「おトイレも流れるんだって、おせんたくもできるのよ」と孫娘は笑顔。「お水の出る世界へ行ってきます」と息子と嫁もほっとしたように笑顔を見せた。

住む家があり、仕事があり、家事ができる。当たり前のようにトイレに行き、お風呂に入る。そんな普通の生活がありがたいことなのだとしみじみ感じた。

断水から十六日目。まだ試験通水で飲料には適さないものの、ようやく水が出た。日ごろから節水に努めなければ。

恐ろしさ
　ありがたさ知る
　　豪雨あと

いつかご恩返しを（西日本新聞、紅皿、二〇一七年八月二日）

益城と書いて「ましき」と読むと知ったのは実は昨年の熊本地震の時だった。杷木と書いて「はき」と読むことを知った人も多いだろう。

あるきっかけで熊本県益城町の方と手紙のやりとりをするようになって十年ほどになるだろうか。あの豪雨被害から二週間ほどたったある日、その益城町の彼女が、ひょっこり災害見舞いに来てくれた。

水やタオル、除菌シートや冷感スプレー、孫にはくまモンの折り紙といった被災経験者ならではの品々を抱えて来てくれた。「熊本地震ではたくさんの方に支えていただきました。ご恩返しです」との言葉に感激した。

幸い杷木のわが家は大した被害はなかったが、たくさんの知人が住む家を失い、たくさんの知人が亡くなった。行方不明の人やその家族も気掛かりだ。この町の未来も心配だ。たくさんの知人がお見舞いに来てくれた。水やお茶を届けてくれた「紅友」もいる。そして、消防や自衛隊、近隣自治体など、数えきれないほどの支援をいただいて本当に感謝です。

普段の生活を取り戻すにはまだまだだけど、私もいつか、ご恩返しができますように。

被害なくても「心の被災者」（西日本新聞、こだま、二〇一七年九月一四日）

町に一つしかないスーパー。「お宅はどうでしたか?」と知り合いに尋ねると「うちは気の毒いごつ、どげんもなか」と遠慮がち。

多くの人々が命や家、田畑、仕事を失った今回の九州北部の豪雨被害。何も被害がなくて良かったと手放しで喜べない。わずか二百メートル先は別世界だった。

断水の時、知人が「あんたんとこは水が出らんと仕事にならんかろ」と声を掛けてきた。家も流され、自慢の柿山も被害に遭った知人に「水が出らんくらい我慢しとる」と答えると「そんな要らん遠慮せんで、水が出らんと死活問題と訴えな」と反対に飲食店を営む私を元気づけてくれた。

本紙「花時計」に故郷の風景をなくし、普通に暮らすことに負い目感じる全ての人々が「心の被災者」とあった。読んでじんわり心に染みた。

ぬか床（毎日新聞、はがき随筆、二〇一七年九月二五日）

冬から、ぬか漬けがマイブーム。まずまずの出来だと思っていたが、近所のお医者さんは「深みがない！」と一喝！　なんと、今は亡き近所のおばあちゃんがお嫁入りの時、実家から持ち込んだ年代物のぬか床を分家してもらい、自ら毎日混ぜているという。「ぬか床、分けてやるバイ」。六月初めごろだった。七月五日、あの豪雨で大変な被害に遭った医院は閉めることとなった。自慢のぬか床も流れたらしい。大切な命や家や田畑の他にも、小さな宝物もたくさん流されてしまったのだろう。つくづく切なくて悲しい。私のぬか床というと、もうダメにした。

じゅんばんこ（西日本新聞、夕刊　紅皿、二〇一七年一二月八日）

もうすぐ四歳の孫娘には赤ちゃんのときから肌身離さず大事にしているぬいぐるみがある。黄緑色のクマなのだが、クマと犬の区別がつくようになった今でも「ワンワン」と呼ぶ。お出掛けのときも、夜寝るときも一緒のワンワンは時々ママからお風呂という名の洗濯機で洗われ、色は剥げ、かなりくたびれてきている。

一年ほど前に訪れた仙台で「ずんだベア」を見つけた。わが家のワンワンそっくりだ。迷わずお土産に選んだ。少し小さめのそれを「赤ちゃんワンワン！」と喜んでくれたが、やっぱりいつものを抱いて寝ている。抱き心地や触り心地が違うのだろう。

今年弟が生まれ、お姉ちゃんぶりも様になってきた。そして今はわが家に、いとこに当たる生まれたばかりの赤ちゃんがいる。最初は遠慮がちにのぞきこんでいたが、枕元にそっとあのワンワンを置いていった。宝物を小さないとこに貸してくれたのだ。「さすがお姉ちゃん」と、ぎゅっと抱き締めると照れていた。

でもやっぱりワンワンがいない夜は不安だったのだろう。翌日「じゅんばんこ、じゅんばんこ、また貸してあげる」と、またワンワンを大事そうに抱えていった。いつまでも、その優しさを忘れないでね。

魔物もかすむ金のほほ笑み（西日本新聞、こだま、二〇一八年二月二二日）

五輪には魔物がすむという。四年前、フィギュアスケートの浅田真央さんのショート演技。魔物という言葉が日本中の人々の頭をよぎった。しかし、次の日のフリーでは見事に復活。メダルには届かなかったが、印象に刻まれる演技だった。

金メダル候補だった米国のネーサン・チェン選手がまさに四年前の浅田さんをほうふつとさせた。精彩を欠いたショート。解説者が「どうしたネーサン・チェン」と声を漏らすほど。しかし、翌日のフリーの演技はすごかった。難度の高い４回転ジャンプを次々と決め、フリーだけなら一位だった。

フィギュアスケートは技術だけではない。まるで神がかりのように優雅で美しく、魂のこもった演技で会場が一体になった羽生結弦選手の金メダルには思わず涙した。銀メダルの宇野昌磨選手のはにかんだ笑顔も羽生選手とはまた違うキャラクターで愛らしい。

全ての選手に改めて拍手を送る。今回の平昌五輪には、スポーツの場を政治に利用しようとした別の魔物もいた。「ほほ笑み外交」。しかし、神々しい選手たちのほほ笑みには、魔物もかすんでしまった。

それはそれで（毎日新聞、はがき随筆、二〇一八年三月一八日）

息子夫婦の教育方針に口出しするつもりもないのだが「そんなに叱らなくても」と思うことがある。四歳の孫娘は私のことを「かか」と名付け、家では私は「かか」と呼ばれている。孫が叱られていると「怒らんでもいいじゃん」と口出しをし「甘やかすな！」と私まで叱られる。私がちょっと粗相をし息子がにらみつけた。すると孫娘は「パパ！　それくらいのことでかかを叱らんで」とかばってくれた。「かかもごめんなさい、言おうね」と諭され、皆で大笑いして一件落着。彼女が大きくなって私をかばってくれることが増えるのかな？　それはそれで楽しみだ。

もしももしも今いたら（西日本新聞、夕刊　紅皿、二〇一八年三月二三日）

「思い出は味付けされてうまくなる」。雑誌に載っていた川柳に、思わずうまいとうなずいた。

夫は熱心にオリンピック観戦する人だった。もしももしも今いたら、平昌冬季五輪の熱き戦いを共に喜び合っていただろうなと思う。だけど実際は、夫が最後に歓喜したメダリストは二〇〇六年トリノ大会の荒川静香さんだった。

昨年末、娘が出産、二人の内孫と合わせて孫が三人になった。もしももしも今いたら、孫を溺愛していただろう。そうそう、先日は四歳の孫娘がおじいちゃんがほしいと言っていた。

二〇一一年には東日本大震災が起きた。二年前には熊本地震があり、わが家も揺れて怖かった。昨年七月五日には、まさかの九州豪雨に見舞われた。もしももしも今いたら、この町の未来を共に心配していただろう。

もしももしも今いたら、けんかばっかりしてたかも。口もきかない間柄になっていたかも。私の思い出は塩こしょうだけでは飽き足らず、しょうゆやみそ、カレー粉やトウバンジャンやケチャップで、ごちゃごちゃ味付けされたものかもしれない。でもそれはそれで意外においしいかも。夏には十三回忌がやって来る。

なぜ神事優先まず人命第一（西日本新聞、こだま、二〇一八年四月一二日）

五年前、商工会の新年会で商工会会長があいさつの最中に倒れた。救急車が到着するまで素人ながら応急措置をしたが、残念ながら会長は亡くなった。

久しぶりにあの日のことを思い出した。相撲の春巡業で、あいさつの最中に地元市長が倒れた。周りがどれほど動揺したかは察しがつく。何をしたらよいのかわからず、おろおろしたりぼうぜんとしたりする人が多かっただろう。その中で、すぐに駆け付け心臓マッサージを施した女性たちは医療従事者だった。

目の前で倒れた人命を助けようとする姿は素晴らしい。だが、アナウンスには耳を疑う。「女性の方は土俵から下りてください」。相撲は神事で、不浄な女性は土俵には上がれないということか。何をさしおいても人命第一だろう。

不祥事だらけの相撲界。かつて森山眞弓氏や太田房江大阪府知事が土俵に上がるのを拒否されたが、非常事態には柔軟な対応をするべきだった。

ひいばあちゃん（毎日新聞、女の気持ち、二〇一八年七月一九日）

四歳の孫娘はひいばあちゃん、つまり私の母を「おばあちゃん」と呼ぶ。先日、二人でテレビアニメを見ていた時、母が「ちょっと仕事に戻らんと」と立ち上がると「おばあちゃんはキャベツ切りしか、しきらんやろ。ここに座って一緒にテレビを見なさい！」と引き留められたという。

八十二歳の母はすこぶる元気だ。飲食店を営む我が店でチャンポン、焼きそば用のキャベツ切り、タマネギの皮むき、酒店への注文など、まだたくさんの仕事をこなしている。そんな母が五月末、家の前で転んで右手首を骨折して入院、手術を経験した。「このまま弱ってしまうのでは」との周りの心配をよそに、入院を楽しんでいた。「この年で初めての入院だから」と選んだ個室は快適だったようだ。

母のいない間は忙しかった。キャベツ切りやスーパーへの買い出し、漬物管理や大量の生ゴミ出し。母の仕事までこなし、車で三十分の病院との往復で私はくたくただった。

退院しても、しばらくはリハビリ通院しながら、のんびり過ごすだろうと思っていたら、退院翌日にはスーパーへ行き、三日後にはリハビリにもなるとキャベツを切り始めた。いやはや、恐るべし。

「キャベツ切りしか、しきらん」とのひ孫の言葉には「きっと周りがそう言っている」と怒っていた。誰もそんなことは言っていない。四歳のひ孫と本気で口げんかする母は最強だ。

先日、市から良い歯の表彰を受けた。元気の秘訣は自分の歯でよくかみ食べることだろう。

被災者の苦悩胸が痛みます（毎日新聞、女の気持ち、二〇一八年七月二三日）

西日本豪雨の犠牲者は二百人を超し、災害ごみの量も半端ない。胸が痛みます。「今までの生活の思いが詰まった宝です。泣く泣く処分してるのです」という被災者の声をテレビが伝えていた。積み上げられた冷蔵庫やテレビ、ピアノやソファー。それぞれに買った時、使った時の歴史が刻まれているのでしょう。

昨年の九州豪雨で一カ月近く断水だった生活を思い出した。わが家の被害は大したことはなかったが、豪雨後に知人が言ったことを思い出した。「みんな流されて何一つ残っちょらん。片付けする手間が省けてかえってよかった。なまじっか残った家は大変らしい。涙ながらに捨てたり洗ったりしよるらしい」

何一つ残ってない被災者も、処分する被災者も少しずつ前に進もうとしている。一日も早く普通の暮らしが取り戻せるように願うばかりです。

探し物（毎日新聞、はがき随筆、二〇一八年八月一〇日）

整理整頓が苦手だ。もったいなくてなかなか物が捨てられない。しょっちゅう何かしら探し物をしている。ある有名人が「人生において最も無駄な時間は物を探す時間だ」とテレビで断言していた。私はどれだけ無駄な時間を費やしているのだろう。

出産間近の娘のための安産のお守りをなくし、見つけたのは出産後だった。引き出しにしまった書類をなくしたと大騒ぎしたら冷蔵庫にマグネットではっていた。性格は変わらない。

今朝もある書類を探していたら、買い置きしていたハガキを見つけた。無事書類も発見。なので久しぶりに投稿しました。

夢を折られた女性医師候補（西日本新聞、こだま、二〇一八年八月一八日）

八十二歳の母は家の前で転んで骨折し初めて入院、手術を経験した。何もかもが初体験の母だったが、手術の担当医も麻酔科の担当医も女性医師だった。頼りになる二人の女性医師や看護師さんのおかげで、快適な入院生活を送ることができた。

東京医科大入試で得点操作が行われたとのニュースは、裏口入学以上に驚いた。これも医師としての「生産性」からすると、女性より男性ということなのか？

医師は過酷な職業だ。難病だった亡夫の大学病院の担当医は入院中、朝から夜まで、そして日曜日まで病院で見かけた。退院してからも夫の病状をメールで知らせた。必ず返事をくださった。多忙な先生の返事は真夜中だったこともあった。

みんな志や信念や夢を持ち、医師になり、それぞれの立場で患者に向き合っていらっしゃるのだろう。男だから女だからと区別することもあろうが、点数操作は明らかに差別だ。なにも知らず、必死に勉強しながらも夢を折られた女性医師候補がいたと思うとやりきれない。

夫の余命宣告話す勇気なく（毎日新聞、女の気持ち、二〇一八年九月三日）

肺の難病だった亡夫は確たる治療法はなく、最後の望みとして肺の移植を考えていた。治療と移植をそれぞれ担う二つの大学病院にお世話になった。私は移植のための大学病院から夫の余命宣告を受けた。かなり動揺したが、その宣告は夫には知らせないことに決めた。

急激に悪化した夫は五年持たないとの余命宣告からわずか数カ月後に亡くなった。後日、実な夫は治療のための大学病院から余命宣告を受け、それを私には打ち明けることなく亡くなったと分かった。享年五十一だった夫と四十五歳だった私。お互いに余命宣告を受けながらも、まだ正面から話をする勇気もなく現実逃避というか、どこか楽観視していたのかも知れない。

最近、余命宣告に関する投稿を目にし、当時を思い出した。お互い余命について真剣に話をしていたら夫は、まだ私に伝えることがあったのだろうか？　子どもたちに伝えることがあったのだろうか？　おそらくおじいちゃんを知らない三人の孫の成長を草葉の陰から見守っていることだろう。そう思うことで私自身が納得している。七月に無事十三回忌を終えた。

自身の美学を芸能界で貫く（毎日新聞、女の気持ち、二〇一八年九月二五日）

子どものころ「寺内貫太郎一家」の大ファンだった。おばあちゃん役で出演していたのが悠木千帆さん（樹木希林さん）。当時はまだ三十代だったとは驚きだ。生き方も夫婦の関係も演技力も独特の人だった。「まるで死ぬ死ぬ詐欺だわね」と本人がおっしゃっていたが、本当に不死身なんじゃないかと思わせる雰囲気があった。出ているだけで映画に重厚感を醸し出していた。

安室奈美恵さん引退の話題一色だったはずのワイドショー。「たかが私が死んだくらいでそんなに騒がなくても。安室ちゃんの引退コンサートにかぶっちゃってごめんなさいね」。きっとそう天国からコメントしているだろう。

最期まで女優として生き抜いた樹木希林さん。若くして惜しまれながら引退を決断した安室奈美恵さん。選んだ生き方は正反対のようでも、ぶれずに自然体。それが難しい世界だろうと思える芸能界で自身の美学を貫いた二人だと芸能ニュースを見て思った。

孫の訴え（毎日新聞、はがき随筆、二〇一八年一〇月三〇日）

一歳半の孫息子は近所の外科医院のスロープがお気に入り。緩やかな上り坂をかけ上がっては喜びの拍手をする。下り坂は難しいので抱っこをせがむ。今日も元気にスロープをかけ上がった。するとくるりと向きを変え、ちょこんと座り、おしりを右へ左へと揺らし出し、しばらくすると不機嫌に。一生懸命に何か訴えている。そうか！　近くの公園の古くなった遊具はとりはずされ、昨日は車で遠くの公園に。うまくすべれたすべり台。今日はなんですべれないのだろう。そう訴えているのだろう。ごめんね、これはすべり台ではないよ。近所に公園ほしいね。

軽減税率難解帳簿付け面倒（西日本新聞、こだま、二〇一八年一一月三日）

消費税が十％に引き上げられるまで一年を切った。これまで二回も延期していたのだから、いよいよ避けては通れない。それにしても軽減税率はややこしい。飲食店を営むわが家は、食品の仕入れが八％のままなのはありがたいが、店内飲食と持ち帰りではお客さまから預かる税率が変わるとは、なんともまぎらわしい。帳簿付けを考えると面倒である。

コンビニ業界も頭を痛めているらしい。テレビのコメンテーターが「持ち帰りと言った弁当を店内で食べたら脱税になるのか？」「駐車場で食べたらどうなるのか」と議論していた。

これから細かい規則も周知されるのだろう。コンビニのレジなどのシステム構築には費用も時間もかかるらしいが、また消費税が上がり、もし軽減税率がなくなったらレジの買い替えも検討しなければならない。消費税増税は痛みを伴う改革。一年後を考えると頭が痛い。

しあわせんめ（西日本新聞、紅皿、二〇一八年一二月一七日）

次女が育休から職場復帰した。幼子を保育園まで送り届け、介護施設の栄養士として働く日々は大変だろうと案じている。先日、久しぶりに二～三時間の里帰りをした。私の母はひじきの煮物と煮豆を作っていた。最近、足が痛い、腰が痛い、手がしびれると嘆いていても、孫のために発する底力は大したものだ。

次女は「おばあちゃんから電話で『あんた幸せね』と聞かれたかと思ってびっくりした。私はそんなに心配をかけているかな、いきなりどうしたの、と思った」と言う。しかし「帰って来るとき、ひじきでも炊いとこ」と言われて納得したとか。母が言ったのは「幸せね」ではなく「しあわせんめ（うまく仕上げられないだろう）」、つまり忙しくて家事などをする暇がないだろうというような意味だったのだ。隣で電話を聞いていた娘の夫はいきなり背筋を伸ばし「はい、幸せです」と言っている妻を見て、何の電話だろうと思ったらしい。

八十三歳の母は耳が遠い。せっかく買った補聴器も違和感があると言って着けたがらない。最近みんなの会話の輪には入れずに愛想笑いでごまかしているが、孫やひ孫が笑顔でいることが今の母の幸せなのだろう。

風呂におとそ入浴ぜいたく（西日本新聞、こだま、二〇一九年二月一六日）

おとそは一年間の家族の健康と長寿を祈り、心身ともに改まろうと願う正月の縁起物。だが、わが家では数年いただいていない。若い人には苦いと不評なのだ。

その代わり、毎年頂くおとそを三～四袋まとめてお風呂に入れるようにした。ケイヒ、サンショウ、キキョウ、ボウフウ、ミカンの皮、オケラ、クローブ。原材料を見ると、いかにも体に良さそうなものばかり。さながら薬膳風呂となる。

昨年末、思いがけない出来事でお正月どころではなかった。この一カ月、慌ただしく心身ともに疲労困憊（こんぱい）の日々。二月に入ってようやくひと息ついた。そんなとき、酒屋さんから大量のおとそを頂いた。最近需要が少なく余ったという。

季節を分ける節分の日。ぜいたくにも十袋のおとそをお風呂に入れ、一時間ほどして入浴した。おとそには邪気を葬り、魂をよみがえらせる意味もあるとか。一カ月遅れの正月気分に浸り、ぐっすり眠ることができた。

入院中の母も病院内で投票（西日本新聞、こだま、二〇一九年四月一一日）

「朝倉市の未来予想図〜高校生の提言」という発表会の審査員を務めさせていただいた。市の未来を高校生の視点や感性で提言する。昨年のテーマは「選挙へ行く若い有権者を増やすためには」。ネットで投票できるようにする、投票した人が店で割引を受けられる「せんきょ割」、投票所に「もぐもぐタイム」をもうけ試食会を開く――などの発表を楽しく聞いた。

まさに平成最後の選挙戦の真っ最中。県知事選、県議選のあとは最も身近な市議会議員の選挙が待っている。果たして投票率はどのくらいになるのだろう。

昨年末から長期入院中の母は「私は投票できると？」と心配して電話をかけてきた。病院に尋ねると病院や施設ごとに投票ができるようになっているという。予約制で人数分の投票用紙を準備して出張投票するらしい。母の入院中の病院では無事に済ませたとの連絡があった。意欲的なことは良いことだ。さあ私も投票に行こう！

孫の訴え—その後（毎日新聞、はがき随筆、二〇一九年五月一八日）

五歳の孫娘と近所の公園で遊んでいると入院中の母から携帯に着信があった。公園にいると言うと「あんな草ぼうぼうで誰もいない公園で大丈夫～」と心配していた。近所の公園に遊具がなく孫が遊べず困っていると「孫の訴え」と題したはがき随筆を掲載してもらったのは昨年十月。読んでくれたわけではあるまいが、平成二十九年の水害被害にあった子どもたちへのプレゼントだとライオンズクラブの有志のおかげで公園にかわいい遊具が並び、多くの子どもでにぎわっている。入院中の母は知らないはずだ。「ありがたいね」とひ孫の姿を想像した母も喜んでいた。

老後不安解消「徳の貯金」で（西日本新聞、こだま、二〇一九年七月六日）

母は八十三歳までバリバリ働いていた。わずかな国民年金も「使い道がない」と、ことあるごとに孫やひ孫に振る舞っていた。しかし昨年末から頸椎狭窄の手術とリハビリで入院中だ。

郵便局や大手保険会社などの保険に加入したが、どれも八十歳までの契約。見舞金も出ない。そうなると毎月の入院費用は年金だけでは足りない。これまで膨大な保険料を納めたのに、と嘆いても仕方ない。

世間では、年金だけでは二千万円足りないとする老後の資金問題が不安を広げている。これから施設にお世話になるとしても、年金では足りないことは明らかだ。急に不安になった母は財布のひもを締めだした。

幸い小規模企業共済に加入していた。二千万円という金額はあくまでも平均で、それぞれの健康状態や働き方、生活力で違うだろう。三千万円足りないと言う専門家もいる。

ようやく外泊の許可が下りた。不安は尽きないが八十三歳まで働いてきた「徳の貯金」もたまっている。なんとかなるだろう。

八％と十％と消費増税複雑（西日本新聞、こだま、二〇一九年九月一九日）

ある仕入れ先が申し訳なさそうに言った。「すみません、十月からみりんが税率十％になります」。みりんは酒類に入るからで、みりん風調味料だと八％の軽減税率適用らしい。テレビでは出前は八％でケータリングは十％だと説明していた。ただ配達するだけなのと配膳までするのでは税率が違うらしい。映画館で食べるポップコーンは八％。カラオケボックスでの飲食は十％なのだという。カラオケボックスの分類は飲食店だからという理屈だからと説明していた。

聞けば聞くほどややこしい。要するに請求通り支払えばよいのだろうが、二％の違いだ。ちりも積もればなんとやら。レジや帳簿の煩雑さに業界は頭を痛めるばかりだ。

間近に迫った消費税増税、初めて経験する二つの税率。どうなることやら。十月にならないと、さらには税金申告の頃にならないと分からない。あとわずかな日数になってしまった。

愛のムチ（毎日新聞、はがき随筆、二〇一九年一一月一五日）

　母は現在、歩行器をたよりに週三回、デイケア通いをしながら自宅で過ごしている。一年前は自営業の手伝いをしていたのだが、脊柱管狭窄症（せきちゅうかんきょうさくしょう）で手術をして入院した。そんな母が退院すると六歳の孫娘は優しくひいばあちゃんのお手伝いをしてくれた。しかし、最近は「これがなくても歩けるよう練習しなさい！」と愛のムチで激励するようになった。元気に歩いていたひいばあちゃんを知る孫娘は時々母を困らせる。「補助輪なしで自転車乗れるよう練習したよ。おばあちゃんも頑張って」。ひ孫の愛のムチにはこたえられないひいばあちゃんである。

サバを我慢（西日本新聞、夕刊　紅皿、二〇一九年一一月二〇日）

亡父は仕事が一段落すると晩酌をしていた。それはいつも焼酎で、肴は自分で用意していた。生肝だったりクジラだったり。「お父さんだけいいな」とうらやましく思っていた。食堂を営んでいるわが家はその頃、出前もしており、酔って横になった父の前掛けからは小銭がこぼれていた。出前の注文が入ると、母が「もう晩酌したから」と断っていた。訳の分からない子ども心に、もったいないと思っていた。

父はたまにサバの刺し身をうまいうまいと食べていた。しかし翌日ほろせ（発疹）ができ、病院で注射してもらった。大好きなサバに反応するようになってしまったようだ。しかし父はどうしても我慢できなくなると、注射覚悟でサバ刺しを食していたらしい。

私は昨年、突然原因不明のじんましんに苦しめられた。血液検査をしたらアニサキスアレルギーが判明した。今まで青魚が大好きでサバやアジ、イワシの刺し身をたくさん食べていて、何もなかったのに。

母から「お父さんもそうやった」と言われ、久しぶりに父のことを思い出した。四十年も前に亡くなった父と、意外なことでつながったことが面白い。大好きな焼きサバずし、私は食べずに我慢できるだろうか。

期待した女優逮捕され落胆（西日本新聞、こだま、二〇一九年一一月二五日）

亡夫は難病におかされた少女のテレビドラマ「1リットルの涙」のファンだった。くしくも放映と同じ頃、亡夫も肺の難病と宣告されて治療していた。夫は主演の沢尻エリカさんを「この子はきれいで演技もうまい。将来きっと大女優になる」と褒めていた。

残念ながら、夫はその翌年に亡くなったが、夫が期待した沢尻さんは別のことで騒がれ「お騒がせ女優」となった。不機嫌な舞台あいさつ。突然年上の方と結婚したかと思えば離婚し、すったもんだ。私も涙を流してドラマを見ていたので悲しい思いでワイドショーを見ていた。

最近では復活の兆しを見せ、本格派女優へとまい進し、来年はＮＨＫの大河ドラマ出演と聞いて楽しみにしていた。だが、麻薬取締法違反容疑で逮捕されたニュースには落胆した。今度は若気の至りではすまない。亡夫はあの世で嘆いているだろうか。

書　名				
お買上 書　店	都道 府県	市区 郡	書店名	書店
			ご購入日	年　月　日

本書をどこでお知りになりましたか?

1.書店店頭　2.知人にすすめられて　3.インターネット(サイト名　)

4.DMハガキ　5.広告、記事を見て(新聞、雑誌名　)

上の質問に関連して、ご購入の決め手となったのは?

1.タイトル　2.著者　3.内容　4.カバーデザイン　5.帯

その他ご自由にお書きください。

(　)

本書についてのご意見、ご感想をお聞かせください。

①内容について

②カバー、タイトル、帯について

弊社Webサイトからもご意見、ご感想をお寄せいただけます。

ご協力ありがとうございました。

※お寄せいただいたご意見、ご感想は新聞広告等で匿名にて使わせていただくことがあります。

※お客様の個人情報は、小社からの連絡のみに使用します。社外に提供することは一切ありません。

■書籍のご注文は、お近くの書店または、ブックサービス(0120-29-9625)、セブンネットショッピング(http://7net.omni7.jp/)にお申し込み下さい。

料金受取人払郵便

新宿局承認

7552

差出有効期間
2024年1月
31日まで
（切手不要）

郵便はがき

1 6 0-8 7 9 1

1 4 1

東京都新宿区新宿1－10－1

（株）文芸社
愛読者カード係 行

ふりがな お名前		明治 大正 昭和 平成 年生 歳
ふりがな ご住所	□□□-□□□□	性別 男・女
お電話 番 号	（書籍ご注文の際に必要です）	ご職業
E-mail		

ご購読雑誌（複数可）	ご購読新聞 新聞

最近読んでおもしろかった本や今後、とりあげてほしいテーマをお教えください。

ご自分の研究成果や経験、お考え等を出版してみたいというお気持ちはありますか。

ある　　ない　　内容・テーマ（　　　　　　　　）

現在完成した作品をお持ちですか。

ある　　ない　　ジャンル・原稿量（　　　　　　　　）

突然散った桜残念でならぬ（西日本新聞、こだま、二〇一九年一二月二一日）

「モリカケで腹を満たしてお花見し」「桜なぞ見る暇もなくアフガンの地」。最近気になった川柳である。私の中では今年の漢字は「桜」で決まりだと思っていたが「令」という字で収まった。予想が外れてガッカリだ。

今年、日本中を沸かせたラグビー日本代表のエンブレムも桜。エンブレムの桜には「正々堂々と戦い、敗れるときは美しく散れ」という思いが込められているという。

季節は冬だというのに永田町には季節外れの花吹雪が舞い散る。散った花びらは片付ける間もなくまた強風にあおられる。いつになったら美しく散るのだろう。

筑後川の山田堰（ぜき）の工法を参考に、桜とは無縁のアフガンの乾いた大地に緑を、と命を懸けて活動してきた中村哲さんの訃報は残念でならない。あまりにも突然散った誇り高き桜に、改めて哀悼の意をささげたい。

ネットの情報根拠はどこに（西日本新聞、こだま、二〇二〇年二月六日）

息子や商工会の勧めで店にスマートフォン決済を導入した。こんな田舎で使うお客さんはいないだろうと思っているとと結構利用する方々がいて驚いている。スマホ決済導入に伴い無線ＬＡＮも契約した。これがあると携帯でユーチューブなども見放題らしい。興味本位でユーチューブを見ると新しい情報が勝手に増えていくことにも驚いた。

しかし、この情報は何を根拠に発信しているのだろうと不思議に思う内容ばかりだ。有名人のゴシップや皇室に関するうわさまで、あまりにひどいと思うものもある。ほとんどが匿名記事で読んだ人がコメントしているがニックネームだ。

有名人がネットによる誹謗（ひぼう）中傷に悩んでいると耳にしたが、こういうことか。物珍しさに読んでいたが、ばかばかしくて読むのをやめた。ネット社会の発達で「ゆがんだ自己愛」を育て「不寛容な日本人」が増殖していると精神科医のエッセーで読んだことがある。今更だが、こういうことなのだと遅ればせながら思った。

誕生日の贈り物？（毎日新聞、はがき随筆、二〇二〇年三月一〇日）

今日な私の誕生日。仕事は休みで、不要不急の外出は控えてとお国も言っているし、お掃除とお洗濯の日にしよう。めったに見ない仏壇の横にはお彼岸とか命日とかにお参りいただいた親戚や知人のご仏前のからっぽの香典袋が重なり合っていた。念のため中身を確かめると二千円、二千円、三千円の計七千円が入ったまま。天国からの誕生日プレゼントではあるまいが、捨てないで良かった！　たまにはお掃除してヨ！　ホコリっぽくてたまらんとのお告げかも。七千円は夜のおかず代と消えました。天国のご先祖様、ごちそうさまです。

お客様の忘れ物（西日本新聞、紅皿、二〇二〇年三月一〇日）

わが家が営む飲食店には、たびたびお客様の忘れ物がある。背の低い私は店ののれんを掛けるとき、つえを使う。それも近所のお医者さんの忘れ物だった。

ユニークで独特な先生だった。二〇一七年の九州豪雨で浸水被害に遭い、年齢や病気のこともあり、病院を閉じてしまわれた。どうしているか気になっていたら久しぶりに店に来られた。その時の忘れ物だ。今度いらっしゃるまで預かっておこうと思っていたら、訃報が届いた。

数年前、カツ丼についていたぬか漬けを食べて「まだ若くて味が乗ってない」と言い、後日ご自慢のぬか漬けをいただいたことがあった。近所のおばあちゃんが結婚するとき実家から持ってきたぬか床を分けてもらって毎日お世話しているというそれは、何とも深い味わいでおいしかった。「あんたにもぬか床分けてやるばい」と言っていたが、会うたび「忘れちょった、また今度持ってきてやる」といただけないままだった。

あの水害で自慢の漬物だるも流されたとか。つくづく残念である。今日もまた忘れもののつえの持ち手にのれんのさおを引っ掛けて、ひょいとのれんを掛けてまた今日も仕事だ。

予約取り消し怖いウイルス（西日本新聞、こだま、二〇二〇年三月一八日）

電話が鳴ると「またキャンセルの連絡かな？」と思ってしまう。わが飲食店には連日宴会キャンセルが相次ぐ。二〇一七年の九州豪雨でわが町は甚大な被害に遭った。一カ月の断水で休業を余儀なくされた。あの時も大変だったが、今回の新型コロナウイルス騒動はまた違う困難だ。

目には見えないウイルスはとても不気味だ。手洗い、消毒はしているが、見えない敵との闘いには、それで十分なのかと不安になる。その不安に国民が、世界中が押しつぶされそうになっている。ネットにはデマや誤情報が飛び交い、マスクや消毒液が高値でネット販売されている。他人の触れたものに触りたくないという人までいる。

「怖いのはウイルスよりも人間です」とつぶやいたドラッグストアの店員さんにはうなずける。いつになったら終息するのだろう。収まるころにはつぶれているお店がなければよいのだけど。ウイルスとともに経済の冷え込みも怖い。

お笑い第一線志村さん無念（西日本新聞、こだま、二〇二〇年四月三日）

小学校の時、月曜日の話題は土曜日放送の「8時だヨ！　全員集合」だった。加トちゃん（加藤茶さん）、しむら（志村けんさん）のあの場面、この場面を思い出しては笑い合った。

志村さんはその後「バカ殿様」「天才！　志村どうぶつ園」などの冠番組を持ち、「だいじょうぶだぁ」や「変なおじさん」などのギャグでお茶の間を笑わせ続けた。

浮き沈みの激しいお笑いの世界で常に第一線で活躍し続けた唯一無二の存在だった。テレビのインタビューで「笑うのは人間だけの特権、笑いが好き、人が笑ってる顔が好き、その世界にいられることが幸せ」と語っていた。その志村さんが新型コロナによる肺炎で亡くなった。本当に急速に悪化する恐ろしい病気だと思い知らされた。

感染の恐れがあるからと誰もそばに寄れず、最期も独りでお骨も拾えない。お笑いの第一線で輝いた志村さんにはあまりに酷な最期。無念でならない。「だいじょうぶだぁ」ではなかった。新型コロナの終息を願う。

いま自然災害起こらないで（西日本新聞、こだま、二〇二〇年四月一八日）

二〇一七年七月五日、町は九州豪雨に見舞われた。息子は消防団で災害箇所の見回りをしていた。老母と私、嫁と二人の幼い孫の五人で避難所に身を寄せた。多くの住民があふれる避難所に五時間ほどいただろうか。悲愴（ひそう）感が漂う中「うちは大丈夫」との息子からの連絡を受け自宅に戻った。

今は世界中で新型コロナウイルスとの闘いの最中だ。いろんな面で「コロナ地獄」と言っても過言ではないだろう。こんな時に地震や豪雨などの自然災害が起こったらどうなるのだろう。避難所は典型的な三密。感染症対策の隔離のスペースは確保できるだろうか。「想定外」は東日本大震災の後よく使われる言葉だ。「想定外を想定せよ」。どなたの発言か忘れたが、コロナ対策で右往左往する今の日本に自然の猛威が襲わない事を祈るばかりである。

銀座のママに背中を押され（西日本新聞、こだま、二〇二〇年六月五日）

五年前、商工会女性部の東京研修で銀座のクラブのママの講演を聞いた。九州出身で大学在学中にママに抜てきされたと記憶している。おもてなしの心構え、ホステスさんのまとめ方などを聞き、その風格に圧倒された。

先日、新型コロナによる自粛要請で銀座のクラブの窮状を伝えるニュースを見ると、当時のママがインタビューに答えていた。休業中でも着物を着て髪もメークも整えてカメラの前に立つ姿はさすがだと思った。銀座に四店を構えていたが一店は閉店せざるを得なくなり、生き残りは厳しくなるだろうと語っていた。

わが店も売り上げの柱である宴会がこれまで通りにはいかないだろう。苦境の中でも毅然とインタビューに答えるママを見て、私も悔やんでばかりいても仕方ないと背中を押された気がした。

使うべき人が使えない現実（西日本新聞、こだま、二〇二〇年六月二五日）

母は頸椎の手術後約半年間入院し、退院後はデイケアに通いながら歩行器を頼りに自宅で過ごしている。昨年十月、母の退院祝いを兼ねて一泊で温泉旅行に行った。ひ孫たちも同行した楽しい旅行だったが、残念なことにトイレ休憩に寄った高速道パーキングの障がい者専用駐車スペースが空いていなかった。

仕方なく少し離れた所に車を止め、車いすの母は多目的トイレを利用した。車に戻ろうとすると、障がい者専用駐車スペースに止まっていた車に、元気に歩いてきた夫婦が乗り込んだ。あっけにとられ、その車を見送った。

最近芸能人のスキャンダルが世をにぎわせている。この手のスキャンダルは基本的には家庭の問題であり、あまり周りがさわがなくてもと思っているが、驚いたのは多目的トイレが密会の場所だったこと。障がい者や幼い子ども連れや着替える場所を求めている人が使用するための多目的。モラルはどこへ行ったのだろう。嫌悪感しかない。

アーチを描く水害対策の橋（西日本新聞、こだま、二〇二〇年七月一七日）

昔、筑後川は物資輸送の大動脈だった。上流の山林で伐採された木材は日田でいかだに組まれ、下流の久留米や大川に運ばれた。大川はその木材で家具の町として名をなした。熊本、大分、福岡、佐賀へと連なる川によって地域は栄えた。

わが家は筑後川に架かる昭和橋のそばにある。杷木と浮羽の両地区をつなぐ動脈である。その昭和橋が建て替えられたのは十年前。新しい頑丈な橋は緩やかなアーチを描いている。元の平たんな昭和橋を知るお年寄りには不評だった。緩やかでも歩くのがきついらしい。車も対向車が見えづらいとの声もあった。「水害対策らしい」と聞いてもぴんとこなかった。

「何百年、何十年に一度の雨」がたびたび襲う。昭和橋から筑後川をのぞくと、茶色く濁った水がごうごうと流れるさまは恐ろしい。だがアーチ状の橋は流れる丸太やいろんなものは引っ掛かることがない。

丸太などが橋に引っ掛かり水をせき止め、その水圧で橋ごと流されるニュースの映像を見た。昔のままの昭和橋なら流されていたかもしれない。川の流れとともに生活する多くの住民が安心して暮らせるように国全体で考えてもらいたい。

アベノマスクすてきに変身（西日本新聞、こだま、二〇二〇年八月一一日）

安倍首相がついに「アベノマスク」以外のマスクを着け始めた。多額の税金が使われたこのマスクは届くまで時間がかかり、小さくて使えないと言われた。せめて閣僚くらいは使用すればよかったが、首相以外は着用している姿をほとんど見たこともない。

西村経済再生担当相は立体的で息苦しくなさそうなしゃれたマスク。会見のたびに違うマスクの小池都知事や、かりゆしウエアとおそろいの沖縄県知事のマスクといい、それぞれが個性を主張している。

そのアベノマスクが意外な形で脚光を浴びているらしい。「使われなくてもったいない」と、ある女子高生がアベノマスクに絵を描き会員制交流サイト（ＳＮＳ）で紹介したところ、あっという間に広がった。

絵を描くだけでなく、シールやラインストーンを着け、デコマスクとしてどんどん拡散しているのだという。ただの白い布はかわいくおしゃれに変化させやすいらしい。

若い子のＳＮＳ拡散には肯定的だが、今回はそのアイデアに驚いた。愚作だと文句ばかり言う前に「もったいない」と工夫してすてきなマスクに変身させた若い子の頭の柔らかさを見習いたい。

池江さん応援プールで輝け（西日本新聞、こだま、二〇二〇年九月八日）

元気でひまわりのような池江璃花子選手。東京五輪でメダル確実と期待された最中の昨年二月、突然の白血病公表には驚いた。その池江さんが選手として一年七カ月ぶりの実戦に戻ってきた。

色が透き通るように真っ白で筋肉も落ち、アスリートにしてはきゃしゃに見えた。だけど女性としての美しさや人間として神々しさが増し、レース後の涙はきれいだった。「思っていたより数千倍しんどい」と入院生活を振り返っていた。「第二の水泳人生の始まり」にたどり着くまでの彼女の葛藤や努力、悔しくつらい涙の数は計り知れないだろう。

専門家によると回復はまだ完全とはいえず、日常生活には十分だがトップアスリートとしての激しい練習をこなせるようになるには、もう少し時間がかかるだろうとの意見だった。

パリ五輪を目指すという池江さん。もうすでに美しい輝きを放っている彼女がプールの中で一層の輝きを放てる日が来ることを静かに応援している。

寄り道（西日本新聞、紅皿、二〇二〇年九月二三日）

小学生の通学路の安全を見守るボランティアに参加している。夏の暑い日もマスクをして一列で通学する小学生たちはかわいそうにも思える。

二十年以上前、ある小学生の男の子が学校帰りに喉が渇いたとほぼ毎日お水を飲みに寄っていた。当時まだ珍しいアルカリイオン整水器を付けていたからだろうか、「ここのお水はおいしい」と笑顔でお礼を言う姿がかわいかった。「もう少しで家に着くのにご迷惑かけて」とおばあちゃんが道で会うたび恐縮していた。ある日曜日にはお友だちをぞろぞろ引き連れて「ここのお水はおいしいから」と得意気に言っていた。果たしてほかの子は味の違いがわかっただろうか。

先日久しぶりにあの男の子に会った。「お水飲みに来てた子？」と聞くと「覚えてましたか」と照れた。今はスペイン料理屋さんに勤めているとか。幼い頃から味の違いがわかる子だったから、なるほどその道に進んだかとうれしかった。

コロナ禍の今は下校中に寄り道するなどもってのほかで、一列で黙って歩くように指導されている。世知辛い世の中になりつつある。あのまぶしいキラキラした彼の笑顔が懐かしい。

想い出を刻む亡き夫の通帳（西日本新聞、こだま、二〇二〇年九月二四日）

みずほ銀行が新規口座で紙の通帳を作る際、千百円の手数料を取ると情報番組が伝えていた。デジタル化に向けて紙の通帳をなくす方向だとか。銀行が毎年二百円の印紙税を負担し、大きな足かせとなっているらしい。これを伝えていた女性アナウンサーが「通帳には私の歴史が刻まれている」とデジタル化に異を唱え、涙を流していた。

四日の本紙「春秋」も紙の通帳がないのは心もとない、と書いていた。通帳に刻まれた「自分史」との表現にはうなずいた。私も昔の通帳を捨てず、大きな金額には鉛筆で使用目的を書き込んでいる。

二〇〇六年に亡くなった夫の通帳は規則正しく入金されていた給料が突然途切れ、代わりに傷病手当が入金され、そして相続の手続きを終え私の通帳へと移行した悲しい思い出も刻まれている。世の流れとしてデジタル化は必須だろうが、過去のデータが眺められるような機能も持ち合わせるのだろうか。銀行の恩送りを期待したい。

はんこの文化時代に合わず（西日本新聞、こだま、二〇二〇年一〇月一六日）

三十年ほど前、激しい腹痛に襲われ病院で緊急手術を告げられた。痛み止めを処方され、不安な気持ちでいると看護師さんから「承諾書を読んで署名捺印（なついん）してください」と言われた。突然のことで印鑑はなく、指で押印した。

夫が亡くなったとき、三人の子どものうち長女だけが成人していた。相続手続きには長女の実印登録が必要だった。三年後、亡くなった義父の相続手続きに子ども三人の実印が必要となり、今度は長男と次女の実印登録をした。

今、コロナ禍のテレワークや電子決済の普及で時代は印鑑レスへと傾いている。婚姻届を出すとき、金銭を借り入れるとき、土地の売買をするとき―これまで人生のさまざまな場面で、自分の意思を確認するように印鑑を押してきた。

印鑑を押す行為は日本独特の文化である。しかし、もはや時代に合わない文化なのかもしれない。行政手続きで印鑑使用を原則廃止するとのニュースを聞き、印鑑にまつわる思い出を懐かしく思い返している。

五輪の開催へかじ取り願う（西日本新聞、こだま、二〇二〇年一一月二六日）

滝川クリステルさんが見事なプレゼンテーションをしたのは二〇一三年だった。日本中が二度目の五輪開催に期待を膨らませたのが遠い昔のように感じる。そして今年、華やかに、にぎやかに五輪が開催されるはずだった。

新型コロナ感染拡大で一年延期となったが、感染がなお拡大する中、開催にこぎ着けるのだろうか。体操の内村航平選手が「できないではなく、どうやったらできるかを考えてください」と訴えていた。多くのアスリートが同じ思いで感染に注意しながら練習に励み、試合に臨んでいるのだろう。

一番の心配は医療体制だろう。医療崩壊の懸念に加え、言葉の壁など細かな対応はできるのか。コロナ対策も五輪対応も今は中途半端な気がする。経験したことのないウイルスへの対策は頭を悩ますのだろうが、日本政府に大きなかじ取りをお願いしたい。

叔父の留守電（西日本新聞、夕刊　紅皿、二〇二一年一月六日）（紅皿賞）

母は頸椎（けいつい）の手術後、足も手もおぼつかず、二つ折りの携帯電話も開けられない。解約したらと言ってもなかなかウンと言わない。そんな母の携帯の着歴を見たら、東京の叔父が残した留守電の音声が二件あった。

母は八人きょうだいの下から二番目。兵隊に取られた兄たちも無事に生還し、仲良く年を重ねて両親を見送り、八人の合計年齢が五百歳になったらお祝いしようと誰かが言い出した。残念ながら一人欠け、また一人と、下の三人だけになった。母のすぐ上の伯母は認知症で施設に入居中。そして昨年の夏、一番下の東京の叔父もがんで亡くなった。母は長旅は無理だし、コロナの渦中でもあり、お葬式には行けなかった。

春先に二度目のがん宣告を受けた叔父はちょくちょく母に電話をかけてきていた。弱音を漏らす相手は母だけだったのだろう。母は着信は分かっても携帯を開けられず、叔父は留守電を残したらしい。「また電話します」の短いメッセージを母に聞かせた。留守電だと説明したのに、母は「もしもし、もしもし」と一生懸命答えた。まさか天国からかかるわけないと話すと、「あーそうやったね」と言って泣いた。

これでまた母の携帯は解約できないなぁ。仕方ない。

やめてほしい感染者へ誹謗（西日本新聞、こだま、二〇二一年一月一八日）

新型コロナで志村けんさんが亡くなり、その怖さを日本中が知った。突然、学校が休校になり、全世帯に二枚のマスクが配られ、特別定額給付金が振り込まれた。しかし、政府の対応はどこか曖昧で目指すべき方向性も見えてこなかった。

ワイドショーも人それぞれ意見が違い、誰の言うことが正しいのか戸惑った。最近は「たら・れば」の話が多い。「あのときこうしていたら」と得意気なコメンテーターにうんざりだ。

緊急事態再宣言でどれほど感染拡大を食い止められるのだろう。国民に広がったコロナ慣れ、自粛疲れ、不要不急に対する考え方の違い。中途半端で小出し感のある政府対応でどれほど緊張感が広がるだろう。

いつ誰が感染するか分からない状態の今、一番大事なのは感染者を誹謗（ひぼう）中傷しないこと。これだけは声を大にして言いたい。

亡父と重ねる田中邦衛さん（西日本新聞、こだま、二〇二一年四月二〇日）

ドラマ「北の国から」の脚本家倉本聰さんは主役を選ぶとき「頼りない父親」を演じられる俳優として田中邦衛さんを抜てきしたという。ドラマの父親は不器用で頼りなく、子どもに敬語で話す。従来のホームドラマの父親像とは全く違った。

それまでは「寺内貫太郎一家」のような父親が定番だった。命令に逆らうと怒りだす。無口で頑固。けれど心根は優しく、家族を何より大事に思う。

私の父もそうだった。勉強よりも家の手伝い優先。言うことを聞かないと怒り、げんこつも飛んだ。疎ましく思うこともあった。だが突然、亡くなった。まだ五十歳だった。偉大さを感じていたが、ちゃんと感謝の思いを伝えられなかった。

そんなとき「北の国から」を見た。こんな父親もいるんだと思いながらも、どこか私の父に似たところもあった。その田中さんの訃報に驚いた。もう八十八歳になられていた。安らかに。

大根おろし（西日本新聞、夕刊　紅皿、二〇二一年六月三日）

還暦を迎えたばかりなのに同級生の訃報が続く。学生時代を共に過ごした友の死は特に気持ちが沈む。彼女と最後に会ったのは二月中ごろだったか。風の便りで病院療養中と聞き、恐る恐る共通の友人に電話した。

するとひょっこり「心配してくれていると聞いたから顔を見せに来た」と家に来た。ぽっちゃりだった彼女はずいぶん痩せていた。淡々と自分の病状や家族の話をした。ちょうど青首大根をたくさんいただいていたのでお裾分けした。なんでも彼女の家は毎朝、大根おろしを食べるとか。おろすのは旦那さんの役割だと言った。「また来年もらったらあげるね」と言う私にうなずきながら帰って行った。それからほどなくして、また入院したと聞いた。

五月、ちょうど母の日のころ、買い物先でバラの花に見立てたせっけんを見つけた。お見舞いにピンクのマスクと彼女のイニシャル入りのハンカチを贈ろうと思い、彼女の長男に電話を入れた。息をひきとった直後だった。彼女と仲が良いと評判だったしゅうとめさんや実家の母親が悲しむ姿は特に胸が痛んだ。

彼女がなくなった朝の食卓にも大根おろしはあったのだろうか。残された者にはどんなに悲しくても日常が待っている。

屁みたいとは言葉は慎重に（西日本新聞、こだま、二〇二一年六月八日）

内閣官房参与の高橋洋一氏がツイッターに国内のコロナ感染状況を「この程度の『さざ波』。これで五輪中止とかいうと笑笑」と投稿した。その後も「日本の緊急事態宣言といっても、欧米から見れば戒厳令でもなく『屁みたいな』ものでないのかな」と投稿して批判を受けた。

わが家は飲食店である。まさにその「屁」に吹き飛ばされてしまいそうだ。先日、女優の尾野真千子さんがやっと公開された映画の舞台あいさつで「私たちの仕事はもうできないかもしれない恐怖が襲ってきた」と涙を流していた。

多くの飲食店や旅館、映画やコンサートの関係者が、その「たかが屁」に吹き飛ばされそうになっている。それでも宣言に忠実に従っているのは「国民の命」や「医療の現場」を守るためだ。高橋氏はその後、不適切表現だったとして辞任した。立場のある方は慎重に言葉選びをしてもらいたい。

まよい（けんしん第92号、いそげ後生の一大事、二〇二一年七月一五日）

今はまだ迷ったらいい。迷いに迷って、骨と皮になるというくらいに迷っていてもいいわけや。次々にサラサラとうまくいくと、苦労のしがいがないものや。だから、迷えば迷うほどに偉大なものが生まれる。そやけど迷わんでもいいことを迷ったらあかん。それと、自分の感情にとらわれたらあかん。素直な心がなかったら、そうなってしまう。そのことをよう考えてやらないといかんな。

『リーダーになる人に知っておいてほしいこと』

この言葉は、松下幸之助が松下政経塾に集う若き塾生に語られたものです。人は誰しも迷うものです。時には眠れない夜を過ごすほど迷うこともあるでしょう。しかし、松下幸之助さんは迷わんでいいことを迷わずに決断力を持ちなさいと伝えたかったのでしょうか。

私は思いもよらないことで大いに迷い苦しんだことがあります。平成十七年に夫が肺が硬くなって縮んでいく原因不明の「特発性間質性肺炎」という病になりました。治療法も特効薬もなく、ただ一つの治療法は肺の移植手術だけでした。脳死移植は望みは薄く、生体移植という親族二人から肺を提供するという最後の砦に挑むのかどうかを大いに悩みました。当時十九歳の長男はドナー候補の一人だったからです。健康な息子の体にメスを入れること、日に日に夫の病状が悪化していくこと。そのはざまで迷い苦しみました。肺の移植手術はまだ症例も少なく難しい手術だったのです。

救いは、移植担当の先生がその悩みに寄り添って下さったことでした。メールでの悩みや質問に真摯に答えてくださいました。生体移植を決断した私に「五体満足のお子さんにメスを入れ肺の四分の一を取り出すのはお母さんがいちばんお辛いでしょう」とかけてくれた言葉は今でも忘れません。しかし夫はその決断を下した翌日急変して亡くなりました。五十一歳でした。まだ本人に生体移植の意思を確認しないままでした。移植担当の先生や友人が「きっと断ったと思う」と言ってくれたことも救いとなりました。

その後息子は結婚してかわいい二人の孫もいます。夫は亡くなりましたが、命はつながっているとつくづく感じます。人生には悩みがつきものです。そして迷います。悩めば悩むほど、人間的に大きく成長できるはずです。たくさんのことを考えて、答えを見つけるために、迷い自分の頭で試行錯誤してみるという行為は、人生において大切なことです。でも、決して落ち込まないで下さい。いつかきっと悩み迷った日々が懐かしくなる日が来るはずです。

母から継いだたらおさ料理（西日本新聞、こだま、二〇二一年八月七日）

妹の嫁ぎ先から毎年お中元に「たらおさ」を頂く。たらおさは鱈(たら)のえらや内臓を干したもので、見た目はグロテスク。孫は「何これ？　何かにおいも変」と見るなりのけぞった。食べ物だと説明すると「絶対食べない」と宣言した。

しかし、これは値が張る高級品だ。海から遠い田舎町では夏の貴重な海産物だったらしい。貴重な魚を無駄にせずに食べきる先人の知恵はお見事だ。

一晩水で戻して軟らかくなったら出刃包丁で切る。これがなかなか大変な作業。水炊きし、あくや独特のにおいが取れたら味付け。軟らかくなるまで煮詰める。実に三日がかり。四年前まで母の仕事だったが、私が引き継ぐことになった。

値うちを知る人から「おいしい」と褒められたり貴重がられたりすると、やはりうれしい。嫁いだ孫娘がお盆の里帰りで「おばあちゃんのたらおさ食べたい」と言ってくれる日を楽しみに、今からたらおさを水に浸します。

肩落とす児童明かりはどこ（西日本新聞、こだま、二〇二一年九月一四日）

コロナ禍は夏休み明けの子どもたちにも影を落としている。孫が通う小学校はクラスを分散して「密」を避け、緊急事態宣言中は授業は午前中のみ。運動会は保護者の見学は一家族一人。感染状況次第で中止もあり得るという。

小学生の登下校を見守るボランティアをしていると、五年生の男の子から「おばちゃんはワクチン打ったと?」と聞かれた。「うん、二回目も打ったよ」と答えると、その子は「いいね。僕も早く打って思いっきり遊びたいけど、まだ子どもは打たれんとやんね」と肩を落としていた。

子どもたちはマスクを着け、手洗い、消毒、黙食、大声を出さないなど慣れない学校生活を送っている。それでも防げない感染拡大に不安を訴える家庭も多い。

菅首相は記者会見で「明かりは見え始めている」と発言した。まだまだ先の見えないトンネルの中だと小学生さえ思っているのに。

公園ベンチ脇ごみ散乱なぜ（西日本新聞、こだま、二〇二一年一一月二三日）

緊急事態宣言が解除され、久しぶりに娘たちと福岡市内の店でランチを楽しんだ。ビルの三階にある店からは近くの公園が見下ろせる。ちょっとぜいたくにフレンチに舌鼓を打ち、食事とおしゃべりを堪能した。

ちょうどお昼時。公園を見ると、ベンチで弁当やおにぎりを食べる人たちがいた。そしてベンチ脇にはたくさんのごみが散乱。ランチを終えた人はちゃんとごみを持ち帰っていたので、あのごみは今も絶えない路上飲みのおみやげなのか。

先日、今年の新語・流行語大賞のノミネートが発表され、路上飲みも入っていた。ノミネートされるほど多いのだろうかと思った。せっかくのおいしい料理の味も半減しそうなごみの山。コロナが終息しても、お手軽に楽しむことがはやりとして残るとしたら問題だ。

臓器移植手術待ちわびた夫（西日本新聞、こだま、二〇二二年一月二〇日）

元気に走り回る愛犬を見て「ミミ、おまえの肺を俺にくれー」と当時五十一歳の亡夫が冗談交じりに言った。「あと十年くらい頑張れば、そんな日が来るかもね」と作り笑いで私が答えた記憶がある。

夫は肺の病気で臓器移植しか治療方法がないと宣告されていた。二十四時間酸素吸入なしでは生活できない夫は移植手術を待ちわびていた。日本人には脳死や臓器移植はまだまだ理解されていない時代だった。

先日、米国でブタの心臓を人に移植したというニュースを目にした。人に移植するために育てられたブタのようだ。米国でも移植する臓器不足が深刻らしい。

そうまでして生きたいのかと思う人もいるだろう。でも、夫はそうまでしても生きたかっただろうと思う。悪あがきに思えても生きてもらいたかった。

これから移植医療がどう変わるのだろう。今年の夏には亡夫の十七回忌がやってくる。

メダル以上の感動もらった（西日本新聞、こだま、二〇二二年二月二一日）

ドーピング検査のことは何となく理解していた。しかし、今回の北京冬季オリンピックでスーツ規定違反があるのを初めて知った。

今回から始まったスキージャンプ・混合団体の一番手だった高梨沙羅選手が好スタートを切ったと喜んだのもつかの間、「失格」となった。何が起こったのかすぐには理解できなかった。高梨選手は「自分のせいだ」と泣き崩れたという。

スタッフは「僕らのミス」と言ったらしい。標高が高いことや寒さ、プレッシャーなどで体重が変動するそうだが、二日前にも着用していたスーツなのにという疑問が湧いた。

しかし、八位から四位へとジャンプアップしたチームの頑張りと、「たくさんハグしてあげました」と高梨選手を慰めた小林陵侑選手の姿に泣けた。高梨選手、胸を張って日本へ帰ってきてくださいね。メダル以上の感動をありがとう。

いちご大好き！（毎日新聞、はがき随筆、二〇二二年三月九日）

私の誕生日にはいちご農家の友人から毎年大きな苺を頂く。四歳の孫息子は「これも男の子だけ食べていいの？」と目を輝かせた。バレンタインにチョコをもらったばかり、大好きないちごをひとりじめしたいのだろう。「女の子も食べていいのよ」と言うと「じゃあ、かか（私のこと）とひいばあちゃんは食べられん」「えー！」「女の子じゃないもん」「ママは？」「女の子だからいい！」。う～ん。彼の線引きは何なのだろう？　確かに女の子と言える年ではないが……。「これはみ～んなで食べるのよ」と言いつつ、おいしそうにほおばる孫二人に遠慮してひとつぶだけ頂いた。

ヘアドネーション（西日本新聞、紅皿、二〇二二年四月一二日）

近所の友人が長かった髪をバッサリ切った。「あらー、さっぱりしたね」と言うと「やっと三十一センチ以上になったから。長かった～」。彼女は医療用かつらの材料として髪の毛を寄付するヘアドネーションをするために伸ばしていたのだ。

四年前、病気療養中だった彼女の夫を見舞った時、「家族も辛いよね」と漏らした彼女。亡くなった後「あなたの気持ちが今やっと分かった」と言われた。ずいぶん落ち込んでいたが、少しずつ元気を取り戻したようだ。三十一センチ以上伸ばした少し白髪交じりの髪にはたくさんの思いや願いが込められていたのだろう。

ヘアドネーションを受け付ける美容室があり、ゴムで束ねて切ることなど、彼女を通して知った。病気で苦しむ人の手助けになりたいという彼女の思いが誰かのもとへ届きますように。

今年の夏は亡夫の十七回忌。あの世とやらには、彼女の夫や亡夫の勤め先の社長、義兄などたくさんの知人が旅立った。そのたび亡夫は先輩面しているのだろうか。

新学期。小学生の通学時の見守り活動をしている彼女と私。かわいい新一年生を迎え、一緒に見守っていきまっしょ。まだまだあの世には行けません。

物価が急上昇そろそろ限界（西日本新聞、こだま、二〇二二年五月二七日）

最近の急激な物価上昇には頭が痛い。飲食店を営んでいるが、昨日も仕入れ業者から「値上げ商品リスト」が届いた。なるだけ価格を上げないように踏ん張っているが、こうも仕入れ価格が上昇すると厳しい。

値上げより困るのは「欠品」のお知らせである。冷凍庫には次の入荷がいつになるか分からないと言われた商品がぎっしり詰まっている。いつまでもつのか心配の種である。

回転ずし大手チェーン「スシロー」が創業以来続けていた一皿百円を終了し、値上げに踏み切るそうだ。スナック菓子「うまい棒」も一本十円から十二円に値上げしたばかりだ。

新型コロナからの経済回復に供給が追い付かなかったり、小麦や原油の高騰、ロシアによるウクライナ侵攻で供給不安が世界的に高まったりするなど、欠品や値上げにはさまざまな要因が絡まっているという。

大手メーカーの企業努力で維持してきた日本の価格据え置きも限界に近づいている。デフレ慣れした日本人には気持ちの入れ替えも必要なのかも知れない。

金融教育導入若者しっかり（西日本新聞、こだま、二〇二二年六月二一日）

資産所得倍増プランを突然打ち出した岸田文雄首相。日本の個人金融資産は約二千兆円あり、それを株式等の運用に回して資産を増やそうということらしい。しかし、投資は自己責任。誰かに強制されて行うものではない。投資しても必ず資産を増やせるという保証はない。

国が潤い賃金も上昇し、国の成長シナリオが具体的に見えてくれば、安心感から投資を考える人も増えるかもしれない。今の状況ではわずかな利息しか付かない預金の方が安心だと思う人も多いだろう。

今年から高校で金融教育の授業が始まった。導入の背景には世界に比べて日本で金融教育が進んでいないことが懸念されていたとか。若者にはお金についてだましたり、だまされたりしないような教育と、早いうちから資産運用の勉強をしっかりしてもらいたい。

お供え物（毎日新聞、はがき随筆、二〇二二年七月一四日）（月間賞）

息子夫婦はそれを「お供え物」と言った。今年の二月、小学生の孫がコロナ陽性になってしまった。学校ではやっていたとはいえ、まさかの出来事だった。二週間、家族も外出禁止、お店も休んだ。するとそれを知ったたくさんの知人がケーキや果物、お惣菜を「玄関に置いとくね」と届けてくれた。そして「はやくよくなりますように」とお祈りをして帰るのだという。カーテンを開け窓ごしに手を振ってお礼を伝えた。そして、また学校ではやりだすと、今度はお返しの「お供え物」を知人に届けているという。もちろん「お祈り」も添えて。

早く終息しますように。

太陽フレアの被害どうなる（西日本新聞、こだま、二〇二二年七月一五日）

総務省は先日「太陽フレア」発生時の被害想定をまとめた報告書案を発表した。太陽の活動が活発になると想定される二〇二五年七月ごろの予想で最悪、スマートフォンなどの通信障害、航空機の運航抑制、大規模停電などが挙げられた。

二日朝、スマホで電話をかけようとしてもつながらない。程なくしてａｕの通信障害だと分かった。数時間で復旧するだろうと思っていたら、二日たってもつながらなかった。

仕事は固定電話で何とかなるが、外出予定があった日なら困っただろう。携帯が仕事上不可欠の人たちは大変困っただろう。救急車や警察に連絡したい人はどうしただろう。電子チケットや電子決済はどうなっているのだろう。

便利なはずの時代に携帯電話がつながらないだけでこんなに不便だと思い知った。これで太陽フレアが直撃したらと思うとゾッとする。便利さに慣れすぎた私たちは、もしもの時をどう迎えるのだろうか。

会いたい（毎日新聞、はがき随筆、二〇二二年八月一二日）

沢田知可子さんの名曲「会いたい」。感動的な歌詞に酔いしれて熱唱していた。だけど「あなた夢のように死んでしまったの♪」が現実に起こってから歌うことはなくなった。悲劇のヒロインを気取っているわけではない。いや、むしろ人前で歌って涙でも流そうものなら同情の目で見られそうで、ちょっとだけ気の強い私はそれがイヤで、もうこの歌をうたうのはやめた。先日、無事亡夫の十七回忌を終えた。時の流れのはやさに驚くばかりだ。久しぶりにひとりカラオケに行った。そして「会いたい」を泣かずに歌えた。今年もお盆の準備をして、会いたい人をお迎えしよう。

ラジオ体操（西日本新聞、夕刊　紅皿、二〇二二年八月二〇日）

あれは、長男が小学校三年生の時のこと。同級生の弟は一年生なのに長男とウマがあい、しょっちゅう遊びに来ていた。日曜は朝十時にやって来て、昼に帰り、またやって来て五時には帰っていった。

夏休み、そんな彼がわが家に泊まることに。ご丁寧に「ラジオたいそうカード」を持ってきた。彼は「休まずはんこをもらえたらごほうびがもらえる」と張り切っていた。わが子は当番の時には渋々行くが、朝起きられず休みがちだった。

張り切る一年生のために私も早起きして、車で彼の地区へ送り届けた。ところが「おばちゃ～ん、お当番が来てない」とみんな困っていた。「当番誰？」と聞くと「今日は〇〇君やないと」。よく知ってるお家の子だったのでピンポンを押してみたが、案の定、みんなまだ寝ていた。結局ラジオ体操はせず、カードにはんこをもらって皆帰っていった。先日、久しぶりに彼と話して、懐かしく思い出した出来事である。それが、彼の母親のお葬式だったのがとてもせつない。

コロナ禍で、ラジオ体操を続ける子ども会はあるのだろうか。出席を競いあっているのだろうか。夏休みの風景から、ラジオ体操が消えていくとしたら寂しい。

命関わる研究泥沼化するな（西日本新聞、こだま、二〇二二年九月二日）

開発から一年足らずで承認された新型コロナワクチン。とても画期的なことらしい。メッセンジャーＲＮＡ（ｍＲＮＡ）に関する技術を応用できたことが大きく、主に四十年に及ぶカタン・カリコ博士の研究成果によるものである―というＮＨＫの番組を見た。ワクチン開発を巡り、米モデルナが米ファイザーを提訴のニュースに驚いた。今回の緊急事態に、多くの組織で効率的に開発を進めるべく特許を主張しない紳士協定があるのかと勝手に想像していたからだ。

ｍＲＮＡはがん治療や遺伝子欠損、免疫不全や難病治療に応用できると期待されているという。カリコ博士は「私は貢献しましたが私のワクチンではありません、それぞれが協力し合った結果」だと発言していると番組で伝えていた。

十七年前、難病で夫を亡くした私は難病治療薬開発には特に期待をしている。人の命に関わる研究がこのようなところで泥沼化してほしくないと思う。

先生の呼称解消どこまで（西日本新聞、こだま、二〇二二年一〇月一日）

大阪府議会が議員を「先生」ではなく「さん」と呼ぶことを決めたそうだ。テレビによると、政治家を先生と呼ぶようになったのは明治初期という。当時、政治家は郷里から若者を呼び寄せ、身の回りの世話や護衛を任せていた。勉学に励みながら秘書見習をするようなものだったらしい。この若者たちが政治家を先生と呼び、その習慣が今も残っているという。

母の知り合いに書生さんがいた。国会議員宅の離れに住み、雑用をこなしながら学費を出してもらって大学を出たそうだ。その方は数年前に亡くなるまで「今の私があるのは先生のおかげ」と、議員が亡くなった後もそのお宅に忠義を尽くしたそうだ。

しかし、時代は変わった。最近は先生と呼ばれて勘違いする議員が増えたとも思える。呼称解消が大阪発端で終わってしまうのか、全国に広がるのか。興味深い。

雑煮でよかばい（毎日新聞、女の気持ち、二〇二二年一一月六日）

オレンジを食べていた五歳の孫息子が「本当はイチゴが食べたい」と言った。「近くのスーパーには売ってないやろ」「じゃあ、売っている店で買ってきて」。まったく困ったもんだ。賞味期限ぎりぎりのパックのおもちをもらった。もち好きの母は翌朝、さっそく「今朝は雑煮でよかばい」と言った。雑煮を作るのにどれだけ手間がかかると思っているのか。困ったもんだ。孫のわがままは笑ってやり過ごせるのに母のわがままはムカついてしまう。突然、要介護の身になって週三回デイサービスに通い、自宅で過ごす母。優しく接しなければと思いながらも、自営の食堂の忙しさの中、ついついイライラが募る。

そもそも「雑煮で」の「で」に腹が立つ。孫のように「イチゴが」と言えばよいのに。「が」と「で」の違いは大きい。

たまたま妻の夫に対する不満をテレビで見た。「今日は何にする」に「カレーでいい」とか「焼きそばでいい」とか言われるとムカつく、と伝えていた。「〇〇でいい」と言われると家事に対する評価が低いと受け取ってしまう。限られた時間とお金をやり繰りして料理をしても報われない気持ちになる。

「カレーが食べたい」「焼きそばが食べたい」とでも言えば、作りがいがあると思う。「いただきます」「ごちそうさま」「おいしかった」も忘れずに。

おうちごっこ（毎日新聞、はがき随筆、二〇二二年一一月七日）

数年前、まだ保育園児だった孫娘が「おうちごっこしよう」と言った。はて？　おうちごっことは？　遊び始めると、どうやら「ままごと」のことらしい。家族の象徴イコール「ママ」。そんな時代ではないということなのか。今の時代を反映した「おうちごっこ」では、パパもオムツを替えたりおちゃわんを洗ったりする。パパとペットの犬の二役の私は大忙しだった。「婦人会」から「女性部」へと地区の団体名も変わった。今またジェンダーの観点から「女性部」へも名称変更の声が上がる。看板のすり替えだけでは解決できないと思うのだけど、子どもの方が進んでいる。

危険な番組が今もあるとは（西日本新聞、こだま、二〇二二年一二月七日）

バラエティー番組の収録に参加していたタレントの松本伊代さんが、落とし穴に落ちた際に腰椎を圧迫骨折したという。深さ約二・七メートルの穴には衝撃を和らげるためウレタンマットやウレタンクッションが敷かれていたそうだ。

事前にスタッフが穴に落ち、安全を確認しているだろうが、若いスタッフと松本さんのように五十代の女性とでは体格が違う。過去には新婚夫婦がサプライズで落とし穴に落下し、窒息死した悲劇もあった。

テレビの企画をまねたかどうかは分からないが、誰かが穴に落ち、それを周りが見て喜ぶのは昔からよくあった。最近はコンプライアンスが厳しくなり、テレビで落とし穴に落ちる場面もあまり目にしなくなった、と思っていた。だが、私がそんな番組を見なくなっただけで相変わらずばかばかしい企画があったのだと驚いた。全治三カ月という松本伊代さんが早く回復されることを祈る。

医療のドラマ現実離れでは（西日本新聞、こだま、二〇二三年一月一九日）

十七年前に亡くなった夫は特発性間質性肺炎だった。たまたま先日、この病気の患者にスポットを当てた医療ドラマを見た。医者から「あと半年」の宣告を受ける。酸素ボンベを付けて苦しそうにせき込む俳優の演技に亡夫を思い出してしまった。

しかしである。患者に生きる価値があるかどうかを見いだし、高額な報酬と引き換えに命を救うという設定に嫌悪感を覚えた。結局この患者は闇医者チームによって助かった。特発性間質性肺炎は治療法は確立していないはずであり亡夫も肺の移植手術しか助かるすべはないと言われていた。

ずいぶん前のことだが今もあまり変わっていないはずだ。そもそも普段はパティシエとして働きながらお呼びがかかれば医者として困難な手術に立ち向かうのは子ども向けの戦隊モノのようだ。魅力的な役者さんばかりの医療ドラマなだけにがっかりした。もうこれはフィクションなんだと割り切らなければ。

冬のスイカ？（毎日新聞、はがき随筆、二〇二三年二月四日）

五歳の孫息子は果物大好き！

幸い我が町は季節おりおりの果物の産地である。生産者からキズものなどをいただくのでありがたい。でも、味は良いので問題ない。先日、孫と近所のスーパーに行った時、孫が「スイカが食べたい」さらに「スイカ割りがしたい」と大きな声で言い出した。周りがくすくす笑う中、私は「今ごろスイカは売りよらん」とお菓子売り場へとひっぱった。果物も野菜も時季があることがわかっていないのだろうが、時々、イチゴだのブドウだの柿だの時季はずれの果物が食べたいと困らせる。さすがに冬のスイカにはまいった。しかたなく買ったミカンはおいしかった。

著者プロフィール

大隈 美由紀（おおくま みゆき）

1961年生まれ。福岡県朝倉市在住。
著書に「いのちの贈り物　届かなかった祈り」（文芸社、2007年）、「今、何時？」（文芸社、2014年）がある。

タイトル文字・奈須久美子

ごはんの支度

2023年 5 月15日　初版第 1 刷発行

著　者　大隈 美由紀
発行者　瓜谷 綱延
発行所　株式会社文芸社
〒160-0022　東京都新宿区新宿1－10－1
電話　03-5369-3060（代表）
03-5369-2299（販売）

印刷所　株式会社暁印刷

ISBN978-4-286-30078-8　　JASRAC　出2301356－301